Über dieses Buch Anhand von vier Gedichten und einem Prosatext untersucht Burger zentrale Motive und Chiffren Celans, wobei zahlreiche Querverweise auf andere Werke der Sicherung und Konkretion der Deutung dienen. Burger zeigt, daß zwar Celan sich in einer geschlossenen Sprachwelt bewegt, die mit dem höchsten Anspruch erbaut ist, auch noch das Unsagbare wenigstens zu berühren – daß aber diese Sprachwelt zugleich über einem Abgrund tiefer Sprachskepsis schwebt.
Burger ist der »werkimmanenten« Methode verpflichtet, die sich ausschließlich an den Text hält und dort gleichsam von Silbe zu Silbe voranschreitet. Angesichts von Celans dunklem, nur sehr schwer erschließbarem Werk hat sich diese Methode noch stets als die fruchtbarste erwiesen. Insofern ist Burgers Studie, die von großer Sprachsensibilität zeugt, eine wertvolle Einführung – nicht zuletzt darum, weil Burger seine Deutungen nie apodiktisch vorträgt, sondern fern vom Wissenschaftsjargon, selbstkritisch und behutsam den von Celan gelegten Fährten nachspürt.

Der Autor Hermann Burger, geboren 1942 in Burg (Schweiz), studierte Germanistik und Kunstgeschichte an der Universität Zürich. Er lebt in Brunegg (Aargau) und ist als Privatdozent für deutsche Literatur an der ETH Zürich tätig.
Als Fischer Taschenbücher erschienen *Diabelli* (Bd. 2309), *Kirchberger Idyllen* (Bd. 2314), *Ein Mann aus Wörtern* (Bd. 2334), *Als Autor auf der Stör* (Bd. 2353), die Romane *Die Künstliche Mutter* (Bd. 5962) und *Schilten* (Bd. 2086), sowie die Frankfurter Poetik-Vorlesung *Die allmähliche Verfertigung der Idee beim Schreiben* (Bd. 2348).

Hermann Burger

Paul Celan

Auf der Suche nach der verlorenen Sprache

Fischer
Taschenbuch
Verlag

Ungekürzte Ausgabe
Veröffentlicht im Fischer Taschenbuch Verlag GmbH,
Frankfurt am Main, Januar 1989

Umschlaggestaltung: Buchholz / Hinsch / Hensinger
Gesamtherstellung: Clausen & Bosse, Leck
Printed in Germany
ISBN 3-596-26884-2

Inhalt

Vorwort

Diese Studie bemüht sich um das Verständnis der Sprach- und Gestaltungsproblematik, wie sie im Werk Paul Celans in Erscheinung tritt. Während in den Gedichtbänden *Mohn und Gedächtnis* und *Von Schwelle zu Schwelle* die Thematisierung des kreativen Prozesses eine wichtige Rolle spielt, auch dort, wo nicht explizit vom »Wort« die Rede ist, stoßen wir von der Sammlung *Sprachgitter* an immer häufiger auf Texte, welche ihre Sprachlichkeit reflektieren und das Ungenügen des Dichters an der gefundenen Form zum Ausdruck bringen. Wir beschränken uns auf fünf Einzelinterpretationen. Den drei Gedichten *Umsonst...*, *Die Winzer* und *Mit wechselndem Schlüssel* aus der Frühzeit stellen wir zwei Beispiele aus der späteren Periode gegenüber: die Prosadichtung *Gespräch im Gebirg* und *Weggebeizt...* aus dem Band *Atemwende*, halten uns aber beim Aufbau der Arbeit nicht an die chronologische Reihenfolge, da sich das Thema am besten anhand des Prosastückes exponieren läßt.
Die ausgewählten Texte sollen indessen nicht bloß als Illustration einer Theorie der Celanschen Sprachskepsis dienen. Im Vordergrund steht in jedem der fünf Abschnitte die Interpretation des in sich geschlossenen Kunstwerks. Wir gehen so vor, daß wir zur Erhellung der einzelnen Motive und Chiffren jeweils möglichst viele Parallelstellen zu Rate ziehen, ohne freilich zu glauben, daß es angebracht wäre, einen Katalog von Schlüsselwörtern zusammenzustellen und das Unbekannte mechanisch auf Bekanntes zurückzuführen. Der Sinn des synoptischen Verfahrens liegt vielmehr darin, zu zeigen, wie konsequent sich dieser Dichter an das von ihm errichtete Zeichen-System hält. Eine Dichtung Paul Celans kann nur verstehen, wer sich die Mühe nimmt, sie Wort für Wort aus dem Kontext des Gesamtwerks herauszuschälen.
Der Titel dieser Studie bedarf einer kurzen Erläuterung. Er ist nicht in dem Sinne gemeint, daß Paul Celan die reine, aus dem Schweigen heraus geborene Sprache, auf die seine Dichtung zuhält, einmal besessen habe. Wie vor allem das *Gespräch im Gebirg* und das Gedicht aus der *Atemwende* deutlich werden lassen, handelt es sich dabei eher um eine utopische »Ursprache«, die freilich zum Vorbild für die dichterische Zeichensprache wird, weil ihre Gültigkeit in der Identität von Wort

und Ding verbürgt ist. An ihr versucht sich Celan zu orientieren. Er sagt in der Büchner-Preis-Rede:

> »Das absolute Gedicht – nein, das gibt es gewiß nicht, das kann es nicht geben!
> Aber es gibt wohl, mit jedem wirklichen Gedicht, es gibt, mit dem anspruchslosesten Gedicht, diese unabweisbare Frage, diesen unerhörten Anspruch.« (Me 145)

Die vorliegende Interpretation fragt danach, in welcher Weise der »unerhörte Anspruch« die formale und die inhaltliche Struktur der Prosa und der Verse bestimmt, wie sich das paradoxe Unterfangen, sprechend zu verstummen, auf die Gestalt von Celans Dichtung auswirkt.

Dabei dürfen wir nicht vergessen, aus welchem Raum der Dichter stammt. Paul Anczel – so hieß er mit dem bürgerlichen Namen – wurde 1920 als Sohn deutsch-jüdischer Eltern in Czernowitz (Bukowina) geboren. Es ist die Landschaft, »in der ein nicht unbeträchtlicher Teil jener chassidischen Geschichten zu Hause war, die Martin Buber uns allen auf deutsch wiedererzählt hat« (Br 127), bekennt er in der Bremer Rede. Celans Dichtung ist in der mystischen Tradition der Chassidim verwurzelt, aber auch gezeichnet von der bitteren Erfahrung der totalen Sprach-Pervertierung nach der Machtergreifung der Nationalsozialisten. Die Eltern des Dichters wurden 1942 in ein Vernichtungslager deportiert. Der Sprachverlust, der Rückzug ins Schweigen hängt eng mit dem persönlich erlittenen Judenschicksal zusammen. Ein »furchtbares Verstummen« (Br 128) ist die Antwort auf die Greueltaten, die am jüdischen Volk begangen worden sind. Erst nachdem die Sprache die Vernichtung sozusagen am eigenen Leib erfahren hat, darf sie verwandelt wieder zutage treten. Wenn wir die utopische Richtung dieser Dichtung bestimmen wollen, müssen wir den biographischen Ausgangspunkt miteinbeziehen. Paul Celan ist auf der Suche nach einer Sprache, die der schrecklichen Erfahrung aus der Zeit, da es ihm »den Atem und das Wort« (Me 141) verschlagen hat, gewachsen wäre.

1 Der Weg zum Ursprung

Gespräch im Gebirg

Eines Abends, die Sonne, und nicht nur sie, war untergegangen, da ging, trat aus seinem Häusel und ging der Jud, der Jud und Sohn eines Juden, und mit ihm ging sein Name, der unaussprechliche, ging und kam, kam dahergezockelt, ließ sich hören, kam am Stock, kam über den Stein, hörst du mich, du hörst mich, ich bin's, ich, ich und der, den du hörst, zu hören vermeinst, ich und der andre, – er ging also, das war zu hören, ging eines Abends, da einiges untergegangen war, ging unterm Gewölk, ging im Schatten, dem eignen und dem fremden – denn der Jud, du weißt's, was hat er schon, das ihm auch wirklich gehört, das nicht geborgt wär, ausgeliehen und nicht zurückgegeben –, da ging er also und kam, kam daher auf der Straße, der schönen, der unvergleichlichen, ging, wie Lenz, durchs Gebirg, er, den man hatte wohnen lassen unten, wo er hingehört, in den Niederungen, er, der Jud, kam und kam.

Kam, ja, auf der Straße daher, der schönen.

Und wer, denkst du, kam ihm entgegen? Entgegen kam ihm sein Vetter, sein Vetter und Geschwisterkind, der um ein Viertel Judenleben ältre, groß kam er daher, kam, auch er, in dem Schatten, dem geborgten – denn welcher, so frag und frag ich, kommt, da Gott ihn hat einen Juden sein lassen, daher mit Eignem? –, kam, kam groß, kam dem andern entgegen, Groß kam auf Klein zu, und Klein, der Jude, hieß seinen Stock schweigen vor dem Stock des Juden Groß.

So schwieg auch der Stein, und es war still im Gebirg, wo sie gingen, der und jener.

Still war's also, still dort oben im Gebirg. Nicht lang war's still, denn wenn der Jud daherkommt und begegnet einem zweiten, dann ist's bald vorbei mit dem Schweigen, auch im Gebirg. Denn der Jud und die Natur, das ist zweierlei, immer noch, auch heute, auch hier.

Da stehn sie also, die Geschwisterkinder, links blüht der Türkenbund, blüht wild, blüht wie nirgends, und rechts, da steht die Rapunzel, und Dianthus superbus, die Prachtnelke, steht nicht weit davon. Aber sie, die Geschwisterkinder, sie haben, Gott sei's geklagt, keine Augen. Genauer: sie haben, auch sie, Augen, aber da hängt ein Schleier davor, nicht davor, nein, dahinter, ein beweglicher Schleier; kaum tritt ein Bild ein, so bleibt's hängen im Geweb, und schon ist ein Faden zur Stelle, der sich da spinnt, sich herumspinnt ums Bild, ein Schleierfaden; spinnt sich ums Bild herum und zeugt ein Kind mit ihm, halb Bild und halb Schleier. Armer Türkenbund, arme Rapunzel! Da stehn sie, die Geschwisterkinder, auf einer Straße stehn sie im Gebirg, es schweigt der Stock, es schweigt der Stein, und das Schweigen ist kein Schweigen, kein Wort ist da verstummt und kein Satz, eine Pause ist's bloß, eine Wortlücke ist's, eine Leerstelle ist's, du siehst alle Silben umherstehn; Zunge sind sie und Mund, diese beiden, wie zuvor, und in den Augen hängt ihnen der Schleier, und ihr, ihr armen, ihr steht nicht und blüht nicht, ihr seid nicht vorhanden, und der Juli ist kein Juli.

Die Geschwätzigen! Haben sich, auch jetzt, da die Zunge blöd gegen die Zähne stößt und die Lippe sich nicht ründet, etwas zu sagen! Gut, laß sie reden...

»Bist gekommen von weit, bist gekommen hierher...«

»Bin ich. Bin ich gekommen wie du.«

»Weiß ich.«

»Weißt du. Weißt du und siehst. Es hat sich die Erde gefaltet hier oben, hat sich gefaltet einmal und zweimal und dreimal, und hat sich aufgetan in der Mitte, und in der Mitte steht ein Wasser, und das Wasser ist grün, und das Grüne ist weiß, und das Weiße kommt von noch weiter oben, kommt von den Gletschern, man könnte, aber man soll's nicht, sagen, das ist die Sprache, die hier gilt, das Grüne mit dem Weißen drin, eine Sprache, nicht für dich und nicht für mich – denn, frag ich, für wen ist sie denn gedacht, die Erde, nicht für dich, sag ich, ist sie gedacht und nicht für mich –, eine Sprache, je nun, ohne Ich und ohne Du, lauter Er, lauter Es, verstehst du, lauter Sie, und nichts als das.«

»Versteh ich, versteh ich. Bin ja gekommen von weit, bin ja gekommen wie du.«

»Weiß ich.«

»Weißt du und willst mich fragen: Und bist gekommen trotzdem, bist, trotzdem, gekommen hierher – warum und wozu?«

»Warum und wozu... Weil ich hab reden müssen vielleicht, zu mir oder zu dir, reden hab müssen mit dem Mund und mit der Zunge und nicht nur mit dem Stock. Denn zu wem redet er, der Stock? Er redet zum Stein, und der Stein – zu wem redet der?«

»Zu wem, Geschwisterkind, soll er reden? Er redet nicht, er spricht, und wer spricht, Geschwisterkind, der redet zu niemand, der spricht, weil niemand ihn hört, niemand und Niemand, und dann sagt er, er und nicht sein Mund und nicht seine Zunge, sagt er und nur er: Hörst du?«

»Hörst du, sagt er – ich weiß, Geschwisterkind, ich weiß... Hörst du, sagt er, ich bin da. Ich bin da, ich bin hier, ich bin gekommen. Gekommen mit dem Stock, ich und kein andrer, ich und nicht er, ich mit meiner Stunde, der unverdienten, ich, den's getroffen hat, ich, den's nicht getroffen hat, ich mit dem Gedächtnis, ich, der Gedächtnisschwache, ich, ich, ich...«

»Sagt er, sagt er... Hörst du, sagt er... Und Hörstdu, gewiß, Hörstdu, der sagt nichts, der antwortet nicht, denn Hörstdu, das ist der mit den Gletschern, der, der sich gefaltet hat, dreimal, und nicht für die Menschen... Der Grün-und-Weiße dort, der mit dem Türkenbund, der mit der Rapunzel... Aber ich, Geschwisterkind, ich, der ich da steh, auf dieser Straße hier, auf die ich nicht hingehör, heute, jetzt, da sie untergegangen ist, sie und ihr Licht, ich hier mit dem Schatten, dem eignen und dem fremden, ich – ich, der ich dir sagen kann:

– Auf dem Stein bin ich gelegen, damals, du weißt, auf den Steinfliesen; und neben mir, da sind sie gelegen, die andern, die wie ich waren, die andern, die anders waren als ich und genauso, die Geschwisterkinder; und sie lagen da und schliefen, schliefen und schliefen nicht, und sie träumten und träumten nicht, und sie liebten mich nicht und ich liebte sie nicht, denn ich war einer, und wer will Einen lieben, und sie waren viele, mehr noch als da herumlagen um mich, und wer will alle lieben können, und, ich verschweig's dir nicht, ich liebte sie nicht, sie, die mich nicht lieben konnten, ich liebte die Kerze, die da brannte, links im Winkel, ich liebte sie, weil sie herunterbrannte, nicht weil *sie* herunterbrannte, denn *sie*, das war ja *seine* Kerze, die Kerze, die er, der Vater unsrer Mütter, angezündet hatte, weil an jenem Abend ein Tag begann, ein bestimmter, ein Tag, der der siebte war, der siebte, auf den der erste folgen sollte, der siebte und nicht der letzte, ich liebte, Geschwisterkind, nicht sie, ich liebte ihr Herunterbrennen, und, weißt du, ich habe nichts mehr geliebt seither;

nichts, nein; oder vielleicht das, was da herunterbrannte wie jene Kerze an jenem Tag, am siebten und nicht am letzten; nicht am letzten, nein, denn da bin ich ja, hier, auf dieser Straße, von der sie sagen, daß sie schön ist, bin ich ja, beim Türkenbund und bei der Rapunzel, und hundert Schritt weiter, da drüben, wo ich hinkann, da geht die Lärche zur Zirbelkiefer hinauf, ich seh's, ich seh es und seh's nicht, und mein Stock, der hat gesprochen zum Stein, und mein Stock, der schweigt jetzt still, und der Stein, sagst du, der kann sprechen, und in meinem Aug, da hängt der Schleier, der bewegliche, da hängen die Schleier, die beweglichen, da hast du den einen gelüpft, und da hängt schon der zweite, und der Stern – denn ja, der steht jetzt überm Gebirg –, wenn er da hineinwill, so wird er Hochzeit halten müssen und bald nicht mehr er sein, sondern halb Schleier und halb Stern, und ich weiß, ich weiß, Geschwisterkind, ich weiß, ich bin dir begegnet, hier, und geredet haben wir, viel, und die Falten dort, du weißt, nicht für die Menschen sind sie da und nicht für uns, die wir gingen und einander trafen, wir hier unterm Stern, wir, die Juden, die da kamen, wie Lenz, durchs Gebirg, du Groß und ich Klein, du, der Geschwätzige, und ich, der Geschwätzige, wir mit den Stöcken, wir mit unsern Namen, den unaussprechlichen, wir mit unserm Schatten, dem eignen und dem fremden, du hier und ich hier –

– ich hier, ich; ich, der ich dir all das sagen kann, sagen hätt können; der ich's dir nicht sag und nicht gesagt hab; ich mit dem Türkenbund links, ich mit der Rapunzel, ich mit der heruntergebrannten, der Kerze, ich mit dem Tag, ich mit den Tagen, ich hier und ich dort, ich, begleitet vielleicht – jetzt! – von der Liebe der Nichtgeliebten, ich auf dem Wege hier zu mir, oben.«[1]

Paul Celan geht in dieser Prosadichtung wohl von seinem persönlich erlittenen Judenschicksal aus, doch merken wir bald, daß der Weg der beiden »Geschwisterkinder«, die einander im Gebirge begegnen, zugleich der lange und beschwerliche Weg des jüdischen Volkes ist. Der Dichter versucht, sowohl der privaten als auch der historischen Erfahrung gerecht zu werden als einer, der sich selber auf einer Expedition befindet und dabei in immer einsamere Gegenden vorstößt. Im Dialog zwischen »Groß« und »Klein« offenbart sich der jüdische Fluch, die Entfremdung von der Natur und die tiefe Kluft, welche die Juden von ihren Mitmenschen trennt. Renate Böschenstein-Schäfer, die diesen Text in ihrer Interpretation ›Anmerkungen zu Paul Celans *Gespräch im Gebirg*‹[2] umfassend gewürdigt hat, sagt: »So scheint es, als sei das Schicksal, nicht von dieser Erde zu sein, ein grundsätzlich menschliches, das indessen von der Geistesgebundenheit der Juden schärfer erlitten wird.«[3] Der jüdische Dichter wäre somit ein Priester der allgemein-menschlichen Heimatlosigkeit, ein Heimatloser unter Scheinheimischen. Die Parallele zu Kafka drängt sich auf. Der Landvermesser K. im Roman *Das Schloß*, der ohne Gehilfen und ohne seine Instrumente in ein gottverlassenes Dorf zieht, um das Land der Bauern zu vermessen, und an seiner Vermessenheit, mit der er die Geheimnisse des Schlosses zu ergründen sucht, letztlich zugrunde geht, verkörpert auf seine Weise die Situation des jüdischen Dichters, die durch das Schicksal eines geschundenen Volkes eine besondere Verschärfung erfahren hat. Dort eine öde Winterlandschaft, bei Celan ein verlassenes Gebirgstal. Es läge nahe, den Vergleich weiterzutreiben und die anonyme Macht Kafkas, wie sie durch das Schloß oder das Gericht repräsentiert wird, bei Celan in der Sprachproblematik zu sehen, von der er genauso unheilbar gebannt zu sein scheint wie der um ein »Viertel Judenleben ältre« (G 18–19) vom schmalen Lichtspalt, welcher aus dem Tor des Gesetzes dringt. Denn auf eine Definition der Sprache läuft das *Gespräch im Gebirg* hinaus, obwohl sein Gegenstand zunächst das jüdische Dasein ist.

Es ist das Verdienst Renate Böschensteins, schon am ersten Satz dieser Prosa gezeigt zu haben, daß der Duktus der Sprache das gebrochene Verhältnis des Dichters zu ihr verkörpert. Der Satzbau entspricht eher dem Prinzip der französischen »phrase segmentée« als der deutschen, synthetischen Syntax. Die französische Segmentation (Moi, je n'arrive pas à le résoudre, ce problème) erlaubt dem Dichter, die Satzglieder stückweise vorzuführen, und zwar in der Reihenfolge ihrer emotionalen Wichtigkeit. Wenn die Bauern bei Ramuz sich viel häufiger dieser Form bedienen als die gebildeten Stände, so spiegelt sich darin ihre einfache Denkstruktur. Celans Stammelsyntax, die man mittels der Segmentation leicht ins Französische übersetzen könnte, hat einen andern Ursprung. Er macht genau das Gegenteil von Kleist. Auch Kleist segmentiert seine Sätze, aber um der Übersicht des logischen Zusammenhangs willen. Wenn Kleist das Subjekt an den Anfang stellt wie der Dramatiker den Personennamen und es mit einem Komma von der Aussage trennt[4], so haben wir bei Celan eher den Eindruck, er schreibe in der Prosa ähnlich wie in der Lyrik syntaktisch locker gefügte Zeilen untereinander. Kleist zementiert den logischen Zusammenhang mit einem Übermaß an Konjunktionen, Celan läßt die Fugen offen, um ja nicht den Eindruck der Eindeutigkeit zu erwecken. Diesem Prinzip bleibt er auch in den so zahlreichen nachgestellten Adjektiven treu. Das vorangehende Attribut bestimmt das Nomen zum voraus, das nachhinkende korrigiert bloß die allgemeine Vorstellung. Wir begegnen einer Sprache, in der laufend berichtigt oder sogar aufgehoben wird, was soeben gesagt worden ist: »...und mit ihm ging sein Name, der unaussprechliche, ging und kam...« (G 3–4). Ähnlich wie Kafkas widersprüchliche Reflexionen letztlich nur dazu dienen, uns die Sinnlosigkeit des Reflektierens vor Augen zu führen, macht uns die Sprache hier die Unmöglichkeit des endgültigen Benennens vor. Das treffende Wort wird durch das umkreisende Wort ersetzt, der gemeißelte durch den zerbröckelten Satz, der einem Gefäß gleicht, in das fortwährend Löcher geschlagen werden. Man hat den Eindruck, der einmal fixierte Inhalt werde sofort wieder preisgegeben, fließe aus, die Sprache diene nur dazu, ihn zu verschütten.

Diese Stilgebärde verdichtet sich im paradoxen Ausdruck: »...ich, den's getroffen hat, ich, den's nicht getroffen hat, ich mit dem Gedächtnis, ich, der Gedächtnisschwache, ich, ich, ich...« (G 85–87). Nur in der Einheit des Widerspruchs kann sich, so scheint es, Celan der Lüge entziehen. Die paradoxe Wendung gibt ein Ziel an, aber sie läßt den Weg offen, der zu ihm führt. Es kann so gut die negative wie die positive Richtung sein. Der paradox Sprechende versucht, die Waage zwischen Plus und Minus im Gleichgewicht zu halten. Er erzeugt nur das Spannungsfeld, in dem sich die Wörter wie Magnetspäne um die Wahrheitskerne scharen können. Der geometrische Ort dieser Wahrheit wäre der »Meridian« (Me 148), von Pol zu Pol führend. Dieser Polarität werden wir in Celans Gedichten auf Schritt und Tritt begegnen, in zahllosen Oxymora. Das Oxymoron scheint eine der wenigen poetischen Figuren zu sein, mit denen Celan der Komplexität seiner seelischen Erfahrungen gerecht zu werden vermag. Das Paradoxon stellt sich ein, weil der Zwang zur bestimmten Wortwahl und die Regeln der Grammatik eine absolute Aussage verunmöglichen, weil die Sprache gleichzeitig den Gegenstand zeigt und verstellt. Die lyrische Sprache möchte das Geheimnis nur in klingende Laute verwandeln. Durch die unvermeidliche Logik zwingt sie uns aber zur Erklärung, wie es beschaffen sei. Wenn sich in der lyrischen Sprache die »Möglichkeit einer Verständigung ohne Begriffe«[5] ankündigt, dann leuchtet uns erst recht ein, weshalb Celan die Stilmittel ausschöpft, die zur Aufhebung einer klaren Begrifflichkeit führen. Die Flucht ins paradoxe Gestammel ist die letzte Konsequenz eines Dichters, der trotz des gewaltigen Sprachverschleißes in den Jahren nach Hitlers Machtergreifung, trotz der Behauptung, daß man nach Auschwitz keine Gedichte mehr schreiben könne, vom Tiefsten und Letzten seiner Seele künden will, weil es ihm nicht gegeben ist, eine schützende Hornhaut wachsen zu lassen. Wenn Celan in seiner Bremer Rede von seinem Verhältnis zur deutschen Sprache nach der Katastrophe des Zweiten Weltkriegs sagt:

> »Sie, die Sprache, blieb unverloren, ja, trotz allem. Aber sie mußte nun hindurchgehen durch ihre eigenen Antwortlosigkeiten, hindurchgehen durch furchtbares Verstummen, hindurchgehen durch die tausend Finsternisse todbringender Rede.« (Br 128),

so klingt dieser Abschnitt wie eine Vorankündigung der syntaktischen Verstümmelungen, die wir im *Gespräch im Gebirg*, das 1959, also ein Jahr später, entstanden ist, antreffen. Weil die Sprache, wie Celan fortfährt, keine Worte hergab für das, was geschah, wird die Wahl der Zeichen zum Fluch für den Dichter. Im Oxymoron findet dieser Fluch seinen knappsten Ausdruck.
Für die Läuterung der Sprache in der Einheit der Gegensätze hat Celan im Gedicht *Einmal* eine Formel gefunden. Er spricht vom Waschen der Welt durch den Erlöser, meint aber zugleich die Utopie einer Welterlösung durch die Sprache in den Versen:

> »Eins und Unendlich,
> vernichtet,
> ichten.
>
> Licht war. Rettung.« (A 103)

»Eins und Unendlich«, das Konkrete und das Absolute werden in der paradoxen Sprache vernichtet. Das Allgemeine wird also nicht wie beim Goetheschen Symbolbegriff durch das Besondere repräsentiert, sondern mit ihm zusammen zerstört. Anders ausgedrückt: Keinem einzelnen Zeichen könnte Celan die Verkörperung dessen zutrauen, was ein Symbol für ihn zu leisten hätte. Er scheint den Satz Bubers im Ohr zu haben, der das Mißtrauen der jüdischen Mystik gegenüber der Sprache auf einen Nenner bringt: »Das Wort ist ein Abgrund, durch den der Redende schreitet.«[6] Doch erst im Prozeß der Vernichtung werden die »tausend Finsternisse« erfahrbar gemacht.

> »Sie [die Sprache] ging hindurch und gab keine Worte her für das, was geschah; aber sie ging durch dieses Geschehen. Ging hindurch und durfte wieder zutage treten, ›angereichert‹ von all dem.«
> (Br 128)

Auf dieses Hindurchgehen allein kommt es an, denn das heißt doch wohl, daß die Sprache in der Paradoxie nicht nur zerstört, sondern auch geläutert und neu aufgebaut wird. Um diesen Vorgang sichtbar zu machen, greift Celan auf seine sprachwissenschaftlichen Kenntnisse zurück. Das mittelhochdeutsche Verbum »ihten« bedeutet, wie Peter Horst Neumann nachgewiesen hat, »zu etwas machen«, denn die Wurzel »iht« (etwas) steht dahinter.[7] Aus der Vernichtung der Antipoden »Eins und Unendlich« geht etwas hervor, ja das »ichten« steckt bereits implizit im Wort »ver-nichten«. Und aus »ichten« assoziiert Celan in der letzten Zeile »Licht«. Das ist, von der Sprache her gesehen, die Rettung, die in der Kette »Eins und Unendlich – vernichten – ichten – Licht« abgebildet wird. »Licht« wäre, im Rahmen dieser engen Deutung, die Stufe einer neuen sprachlichen Erkenntnis. Daß die Vernichtung der Sprache bis in die Zerlegung des einzelnen Wortes gehen kann, zeigen die folgenden Verse aus dem Gedicht *... Rauscht der Brunnen*:

> »Wir werden das Kinderlied singen, das,
> hörst du, das
> mit den Men, mit den Schen, mit den Menschen, ja das« (N 35)

Das Wort »Mensch«, das Celan nicht mehr hinzusetzen wagt, wird zertrümmert in seine beiden Silben »Men« und »Schen«, die in der deutschen Sprache keinen Sinn ergeben. Das Unfaßbare, das, wozu der Mensch geworden ist, wird in einem Zeichen vernichtet. Doch gleich setzt der Vorgang des »ichtens« ein. Das englische »men« bedeutet »Menschen«, ebenso das chinesische »shen«. In den scheinbar sinnlosen Trümmern wird somit das Preisgegebene doppelt zurückgewonnen. Dies ist die Paradoxie der Vernichtung und Erneuerung auf engstem Raum. Das Englische und das Chinesische stehen zeichenhaft für die neue, fremde Sprache, die Fremdsprache der Lyrik.

Der kleine Exkurs war nötig, um zu verstehen, weshalb Celan eine beinahe archaische Syntax der festgefügten Periode vorzieht. Es geht ihm darum, die Vieldeutigkeit des Paradoxons auf den Satzbau zu übertragen. Dies geschieht durch fortlaufende Berichtigungen und Ergänzungen. Die Sonne, aber nicht nur sie, ist untergegangen. Der Jud ist nicht nur Jud, sondern auch der Sohn eines Juden. Er geht und kommt, er ist er selbst und der andere, er geht im eigenen und im fremden Schatten. Jede primäre Setzung erhält dadurch den Charakter des Vorläufigen. Es entsteht kein übersichtliches Gefüge von Haupt- und Nebensätzen. Angehängte Satzteile führen zu endlosen Reihen, syntaktisch unverstrebte, durch Gedankenstriche abgetrennte Glieder erschweren das Verständnis, und man hat das Gefühl, man gehe beim Lesen im Kreis herum. Ein rhythmisches Phänomen, das uns später bei den Gedichten noch beschäftigen wird.
Kehren wir zurück zum Text, und zwar zu jener Stelle, die uns auch inhaltlich auf das Sprachproblem vorbereitet! Celan unternimmt es zunächst, das Verhältnis zwischen Wirklichkeit und Abbild in der Vorstellung zu klären:

> »Da stehn sie also, die Geschwisterkinder, links blüht der Türkenbund, blüht wild, blüht wie nirgends, und rechts, da steht die Rapunzel, und Dianthus superbus, die Prachtnelke, steht nicht weit davon. Aber sie, die Geschwisterkinder, sie haben, Gott sei's geklagt, keine Augen. Genauer: sie haben, auch sie, Augen, aber da hängt ein Schleier davor, nicht davor, nein, dahinter, ein beweglicher Schleier; kaum tritt ein Bild ein, so bleibt's hängen im Geweb, und schon ist ein Faden zur Stelle, der sich da spinnt, sich herumspinnt ums Bild, ein Schleierfaden; spinnt sich ums Bild herum und zeugt ein Kind mit ihm, halb Bild und halb Schleier.«

Dieser Abschnitt ist geradezu ein Musterbeispiel für die vorhin genannte Sprache der Unsicherheit, die sich fortlaufend korrigieren möchte. Nicht weniger als drei Appositionen kommen vor. Das »aber sie« bezieht der Leser zunächst auf »Rapunzel« und »Dianthus superbus«, bevor die Beifügung »die Geschwisterkinder« den logischen Zusammenhang herstellt. Und sehr bezeichnend ist, daß auf den Komparativ »genauer«, mit dem der zweite Satz beginnt, nicht nur keine Präzision, sondern das pure Gegenteil des Gesagten folgt. Der Schleier hängt zunächst vor, dann hinter den Augen. Zusätzlich wird er als »ein beweglicher« qualifiziert. Aus dem Faden entsteht ein Schleierfaden. Dieses ständige Verbessern im Bewußtsein, daß die Sprache das »genauer« niemals erfüllen kann, hängt zusammen mit der Unfähigkeit, die Welt mittels der Sinnesorgane als objektive Realität zu erfahren. Celan konstruiert einen Modellfall des Sehens. Die beiden Juden bleiben stehen auf der Straße und blicken um sich. Da blühen in nächster Nähe Türkenbund, Rapunzel und Prachtnelke, blühen so wild wie nirgends sonst. Aber trotzdem haben die Geschwisterkinder keine Augen für die Blumen. Was sie sehen, sind nur Abbilder. Die lateinische Bezeichnung wird aus dem Gedächtnis hergeholt, das wissenschaftliche Etikett. Laute, die für den Nicht-Lateiner und den botanisch Ungeschulten leere Hülsen darstellen. Eine unsichtbare Mauer schiebt sich zwischen Mensch und Natur. Sie haben Augen, so wird berichtigt, aber einwärtsgekehrte. Ein Schleier verhängt die objektive Wahrnehmung. Das Bild bleibt hängen im Gewebe und wird eingesponnen von einem Faden, der wie das Sekret einer Spinne die Beute umwickelt. Ein Kind wird gezeugt, halb Schleier und halb Bild. Aus der Raupe schlüpft gleichsam ein Falter. Diese Fäden, die Celan im Gedicht »Schliere« etwas deutlicher »seelenbeschrittene Fäden« (Sp 19) nennt, dürfen wohl als Chiffre für die seelische Substanz des Dichters gelesen werden. Die Metamorphose entspricht etwa dem Vorgang, für den Novalis den treffenden Aphorismus gefunden hat: »Das Auge ist das Sprachorgan des Gefühls. Sichtbare Gegenstände sind die Ausdrücke der Gefühle.«[8] So wie wir die Dinge anschauen, verleihen wir ihnen bereits unser persönliches Gepräge. Es besteht aber kein Zweifel, daß diese Verschleierung – »Schleier« drückt deutlich genug den negativen Aspekt des Verhüllens aus – von Celan nicht nur als schöpferisches Glück, sondern auch als Qual der Entfremdung von der Natur empfunden wird. Er ist weit entfernt vom magischen Idealismus eines Novalis. Er möchte die Prachtnelke in ihrem Sein begreifen und nicht nur als Zeichen seines Gemüts sehen. Die Einsamkeit im Gebirg ist auch die Verlorenheit dessen, der in allen Dingen nur ein Echo seiner Seele findet. Von einem Blinden zu einem Sehenden werden, würde für Celan heißen: durch den Schleier hindurchstoßen zum Wesen der Dinge.

In der Sammlung *Atemwende* steht ein kleines Gedicht, das die Verwandlung der Bilder zum Thema hat:

»HALBZERFRESSENER, masken-
gesichtiger Kragstein,
tief
in der Augenschlitz-Krypta:

Hinein, hinauf
ins Schädelinnre,
wo du den Himmel umbrichst, wieder und wieder,

in Furche und Windung
pflanzt er sein Bild,
das sich entwächst, entwächst.« (A 61)

Es wäre denkbar, daß sich Celan beim Anblick einer romanischen oder gotischen Konsole Gedanken gemacht hat über die Erzeugung von Bildern, denn der Kragstein trägt ja das Standbild. Und da wird ihm bewußt, daß der Stein tief in der »Augenschlitz-Krypta« sitzt, daß der von außen her eindringende Eindruck in seinem Wesen schon vorgebildet ist. Dieser innere Kragstein pflanzt sein Bild fort, der äußere gibt nur den Anstoß dazu. Er ist masken-gesichtig. Die Maske hat dieselbe Funktion wie der Schleier, sie verbirgt das wirkliche Gesicht. Die Maske ist aber auch die »persona« des Dichters. Schauend bindet er der Erscheinung die Maske seines Wesens um. Es ist kein Zufall, daß das Wort »masken- / gesichtig« getrennt geschrieben und über die Zeile gebrochen wird, denn das Gesicht steht auf einer andern Ebene als die Maske. Wie der Schleier und das Bild erzeugen Maske und Gesicht ein Drittes, das sich hinauf ins Schädelinnere pflanzt. Die Blattmaske der Konsole existiert für den Dichter nur in seiner subjektiven Optik. Hinter allen Rätseln der Welt verbirgt sich sein eigenes Rätsel. Auf wie engem Raum Celan so komplexe Bezüge fassen kann, zeigt im weiteren das Kompositum »Augenschlitz-Krypta«. Auch hier hat der Bindestrich die Aufgabe, zwei entgegengesetzte Begriffe zusammenzukoppeln; einmal mehr geht es um die Einheit des Widersprüchlichen. Augenschlitz und Krypta gehören sowenig auf dieselbe Ebene wie Maske und Gesicht. Empfinden wir die Krypta als kellertiefen, düsteren Raum, als Hort der geheimsten Schätze, so scheint dem die schlitzartige Öffnung zu widersprechen. Doch just in dieser Verbindung wird deutlich, worauf es Celan ankommt: daß durch unsere Sinnesorgane sowenig objektive Wahrheit dringt wie Tageslicht durch die Deckenschlitze einer Krypta. Griechisch »krýptein« heißt »verbergen«, »verstecken«. Schauen hätte also einzig den Sinn, daß in der Seele Verborgenes geweckt und fruchtbar gemacht würde. Denn wie ein Samenkorn geht das Bild in den Furchen und Windungen des Schädelinneren auf. Der Dichter – das Du kann sich nur auf seine Person beziehen – bricht den »Himmel« um, damit das Bild Früchte tragen kann. Sind es in unserem Prosatext seelenbeschrittene Fäden, die mit dem Bild ein Kind zeugen, so geht es im Gedicht um die Vereinigung von Himmel und Bild. Beide Male ist entscheidend, daß das Bild durchtränkt wird vom Göttlichen, das im Dichter waltet. Dieser Umbruch führt aber auch dazu, daß das Bild sich »entwächst«. Vom Schluß her wird nun das

Adjektiv »halbzerfressen« in der ersten Zeile verständlich. Der Verwandlungsprozeß gleicht dem Erosionsvorgang. Das Sich-Entwachsen im Gehirn ist ein Verwittern des ursprünglichen Bildes, ein Abbröckeln der Sinneswahrnehmung. Dieser Tod scheint unumgänglich zu sein, wenn die neue Saat aufgehen soll. Die Verwandlung hätte somit zwei Aspekte, die in den gleichen Chiffren übereinandergelagert sind: die erblickte Konsole verwittert zugunsten des innerlich geschauten und letztlich im Gedicht sichtbar gemachten Kragsteins. Nur so kann die Verdoppelung des Verbums in der Schlußzeile richtig verstanden werden: als Freude des Dichters über das gezeugte »Kind« (G 41) und – davon nicht trennbar – als Enttäuschung darüber, daß es keine objektive Wahrnehmung, sondern nur die halbzerfressene Maske der subjektiven Anschauung gibt.
Kommen in diesem Gedicht, das wir zur Verdeutlichung des Vorgangs beigezogen haben, beide Aspekte zum Ausdruck, so spricht der Prosatext vorerst nur vom negativen, der den jüdischen Dichter seiner Umwelt entfremdet:

> »Armer Türkenbund, arme Rapunzel! Da stehn sie, die Geschwisterkinder, auf einer Straße stehn sie im Gebirg, es schweigt der Stock, es schweigt der Stein, und das Schweigen ist kein Schweigen, kein Wort ist da verstummt und kein Satz, eine Pause ist's bloß, eine Wortlücke ist's, eine Leerstelle ist's, du siehst alle Silben umherstehn; Zunge sind sie und Mund, diese beiden, wie zuvor, und in den Augen hängt ihnen der Schleier, und ihr, ihr armen, ihr steht nicht und blüht nicht, ihr seid nicht vorhanden, und der Juli ist kein Juli.
> Die Geschwätzigen! Haben sich, auch jetzt, da die Zunge blöd gegen die Zähne stößt und die Lippe sich nicht ründet, etwas zu sagen! Gut, laß sie reden...«

Wenn Hofmannsthal im sogenannten Chandos-Brief (*Ein Brief*) die Hemmung, alltägliche Sätze wie »...diese Sache ist für den oder jenen gut oder schlecht ausgegangen...«[9] auszusprechen als Krankheit schildert, die einen plötzlich überfallen kann und sich ausbreitet wie fressender Rost, so geht Celan noch einen Schritt weiter. Schon vor dieser Stelle beklagt er sich über die Geschwätzigkeit der Juden: »Nicht lang war's still, denn wenn der Jud daherkommt und begegnet einem zweiten, dann ist's bald vorbei mit dem Schweigen, auch im Gebirg.« (G 27–29) Aber sogar dann, wenn das geschwätzige Gerede für eine Weile aussetzt, tritt nicht das wirkliche Schweigen ein, sondern bloß eine Pause. Die Nichtigkeit des Geschwätzes wird mit einer gräßlichen

Deutlichkeit offenbar in den Lücken zwischen den Wörtern und Sätzen, die wie Lücken zwischen faulen Zähnen klaffen. Die Landschaft verwandelt sich in eine Sprachlandschaft. Der Dichter sieht Silben umherstehn um die Leerstelle, und die beiden Juden werden auf ihre Sprechwerkzeuge reduziert, sind nurmehr Zunge und Mund. Das heißt, sie haben keine Ohren, sprechen, ohne zu hören, was der andere sagt, und erst recht nicht achten sie auf die Sprache der Dinge. Bei dieser negativen Beurteilung des Sprechens erinnert man sich an eine Stelle aus den *Erzählungen der Chassidim*, wo der Maggid seine Schüler unterrichtet, wie man die Lehre zu sprechen habe: »Man soll sich selber gar nicht mehr fühlen, nichts mehr sein als ein Ohr, das hört, was die Welt des Wortes in einem redet. Sowie man aber die eigene Rede zu hören beginnt, breche man ab.«[10] Auf die Celansche Auffassung dieser »Welt des Wortes« und die Bedeutung des für ihn so wichtigen Schweigens werden wir bei der Würdigung von Sprach- und Wort-Gedichten zurückkommen. Hier sei nur soviel festgehalten: Das Gerede hindert – ähnlich dem Schleier in den Augen – die beiden Juden an der Erkenntnis ihrer Umwelt, was letztlich so weit führt, daß Türkenbund und Rapunzel, ja sogar der Monat Juli für die beiden gar nicht existieren. Hätten sie nicht ihre Stöcke, sie würden gar nicht merken, daß sie durchs Gebirge schreiten. Der Stock erhält andeutungsweise die Funktion eines Zauberstabes. Er wirkt wie ein verlängerter Finger, mit dem die Welt im Gehen abgetastet wird. Moses hat mit seinem Stab an den Felsen geklopft, bis die Quelle hervorsprudelte; der Stock ist es, der den Stein allenfalls zum Sprechen bringen könnte. Nach jüdischer Auffassung sind in jedem Ding der Welt, sogar im Stein, die göttlichen Funken verborgen, die es in der Ekstase zu erkennen gilt. Wenn die Natur schweigt und tot erscheint, so heißt das, daß der Schauende sie nicht zu beseelen vermag. Für den Dichter kommt nur ein Weg der Erlösung in Frage: die Neuschöpfung der Welt in seiner Sprache. Weil der Jude die Worte, in denen die Dinge aufgehoben wären, noch nicht gefunden hat, wird die Existenz von Türkenbund und Rapunzel so radikal geleugnet. Ja er ist noch nicht einmal zum Schweigen fähig, das dieser Sprache vorausgehen müßte, damit sie wirklich ein Echo auf das Gespräch der Dinge wäre. Das Schweigen stellt eine Läuterungsstufe des Wortes dar. Das Geschwätz aber, das Celan mit der lakonischen Aufforderung »Gut, laß sie reden...« einleitet und das nur Pausen und Leerstellen offen läßt, ist ein selbstgefälliges, leeres Reden, über die Dinge hinwegplätschernd, ohne ihren Kern auch nur zu berühren, ohne eine Antwort herauszufordern. Die vielen Wiederholungen an den Satzanfängen, das öfter betonte »weiß ich« und »weißt du« scheinen ein höhnisches Echo der Sätze selbst zu sein, die sich aneinander brechen. In Wirklichkeit schließt gerade dieses Geschwätz das Wissen aus. Das Gespräch, das die beiden Juden führen, ist kein Dialog, sondern ein Monolog mit verteilten Rollen. Die Sprache ist nicht auf ein Du ausgerichtet, und sie fördert nichts zutage, was man nicht schon wüßte. Sie ist weder Antwort auf die Signatur der Dinge, noch kann sie die Dinge zu neuem Leben erwecken: sie ist sich selber im Wege. Diese Krise ist typisch für den Lyriker, der glaubt, mit seiner Kunst eine äußerste Grenze erreicht zu haben. Zwei Auswege bieten sich an: die totale Spracherneuerung und der Rückfall ins Gestammel, wie ihn Celan am Schluß von *Tübingen, Jänner* dargestellt hat:

»Käme,
käme ein Mensch,
käme ein Mensch zur Welt, heute, mit
dem Lichtbart der
Patriarchen: er dürfte,
spräch er von dieser
Zeit, er
dürfte
nur lallen und lallen,
immer-, immer-
zuzu.
(›Pallaksch. Pallaksch.‹)« (N 24)

Bleibt die Sprache hinter den hohen Anforderungen zurück, so wird sie zum quälenden Silbengerassel. Es ist eine besondere Ironie, daß ausgerechnet die Dichter, die sich nur durch das Wort verwirklichen können, überempfindlich werden für die Mängel ihres Instrumentes und von allen Menschen am meisten darunter zu leiden haben.
Wie aber würde die erneuerte, gültige Sprache aussehen? Celan gibt eine verschlüsselte Antwort, indem er sie am Beispiel eines Bergsees zu identifizieren versucht:

»Weißt du. Weißt du und siehst: Es hat sich die Erde gefaltet hier oben, hat sich gefaltet einmal und zweimal und dreimal, und hat sich aufgetan in der Mitte, und in der Mitte steht ein Wasser, und das Wasser ist grün, und das Grüne ist weiß, und das Weiße kommt von noch weiter oben, kommt von den Gletschern, man könnte, aber man soll's nicht, sagen, das ist die Sprache, die hier gilt, das Grüne mit dem Weißen drin, eine Sprache, nicht für dich und nicht für mich – denn, frag ich, für wen ist sie denn gedacht, die Erde, nicht für dich, sag ich, ist sie gedacht und nicht für mich –, eine Sprache, je nun, ohne Ich und ohne Du, lauter Er, lauter Es, verstehst du, lauter Sie, und nichts als das.«

Diese Beschreibung der Erdfaltung mahnt, wie Renate Böschenstein richtig bemerkt, an die Sprache der Genesis.[11] Auf der langen Wanderung durch die tote Steinwüste des Gebirges, zwischen Blumen hindurch, die blühen, ohne wahrgenommen zu werden, ist nun ein Punkt erreicht, wo sich die Erde den staunenden Juden öffnet. Der Blick in die Tiefe ist ein Blick in das Geheimnis der Natursprache. Vorsichtig, nach dem additiven Prinzip, wird Beobachtung an Beobachtung gefügt, so wie staunende Kinder reden. Der Bergsee, dessen Smaragdgrün mit Weiß gemischt ist, könnte als Entsprechung zum verschleierten Auge gesehen werden. Grün ist, auch bei Celan, die Farbe der Fruchtbarkeit, des vegetativen Wachstums. Das Weiße kommt von den Gletschern. Johann Firges hat nachzuweisen versucht, daß Chiffren wie »Eis«, »Schnee« und »Gletscher« mit dem Vergessen zu tun haben, also Bilder für die seelische Ablagerung sind.[12] Der Gletscher ist aber nicht tot, er wandert, schiebt sich unendlich langsam vor oder zurück, so wie sich die vergessenen Erlebnisse im Dichter ohne sein Dazutun verändern. Hier kommt durch das Gletscherwasser freilich noch eine andere Dimension ins Spiel, die des Überzeitlichen, Zeitlosen. Wenn wir die Gleichung »...das ist die Sprache, die hier gilt...«, die Celan nicht explizit ausgesprochen haben möchte, trotzdem weiterführen, stoßen wir auf eine Sprache, deren Wurzeln zurückreichen bis in die Anfänge einer imaginären »Ursprache«. Es gibt keinen älteren Traum eines Dichters und insbesondere eines Lyrikers als denjenigen vom schöpferischen Urwort, das die Welt nicht nur abbildet, sondern neu entwirft. Die Gebirgslandschaft mit dem eiskalten Bergsee wirkt beinahe wie eine Umsetzung der ersten Sätze des Johannes-Evangeliums: »Im Anfang war das Wort, und das Wort war bei Gott.« Wie immer man die umstrittene Stelle übersetzen mag, die Vorstellung einer Identität von Schöpfer und Schöpfung, von Sprache in allgemeinster Form und Schöpfungswille muß auf Paul Celan eine große Faszination ausgeübt haben. Die Natur ist hier oben in der äußersten Einsamkeit Sprache geworden, gültige, absolute Sprache. Das Weiße der Gletscher mischt sich mit dem Grün; ein Bild, das an den Ausspruch des Baal-schem-tow in den *Erzählungen der Chassidim* erinnert, wonach alle Worte »an ihre obere Wurzel gebunden« seien, wenn der Sprecher seinen »Sinn an Gott hefte«[13]. Martin Buber hat am Anfang seiner Schrift *Die chassidische Botschaft* erklärt, die große Tat Israels sei gewesen, daß es die Anredbarkeit des Gottes als Wirklichkeit gezeigt habe, das »Du-sagen zu ihm, das Mit-ihm-Angesicht-in-Angesicht-stehn, den Umgang mit ihm. [...] Gott in aller Konkretheit als Sprecher, die Schöpfung als Sprache: Anruf ins Nichts und Antwort der Dinge durch ihr Erstehn, die Schöpfungssprache dauernd im Leben aller Kreaturen, das Leben jedes Geschöpfs als Zwiegespräch, die Welt als Wort, – das kundzugeben war Israel da. Es lehrte, es zeigte: der wirkliche Gott ist der anredbare, weil anredende, Gott«[14]. Nicht treffender könnten diese Sätze umschreiben, was Celan im *Gespräch im Gebirg* ins Negative verkehrt: Die Schöpfung als Sprache, das Leben als Zwiegespräch. Und wir ermessen, wie weit der Dichter vom Optimismus des jüdischen Philosophen entfernt ist. Die Sprache des Gletschersees enthält dieses Du nicht mehr, von dem Martin Buber spricht, sie besteht aus »lauter Er, lauter Es« und »lauter Sie«. Die Wendung »lauter Es« ist übrigens doppeldeutig wie fast alles in diesem Text: die Bedeutung »nur Es« fällt zusammen mit dem ungetrübten, lauteren »Es«. Unerreichbar ist diese Sprache, weil der Mensch nie zur vollkommenen Identität von Wort und Ding zurückfinden kann. Die Frage, für wen die Erde denn gedacht sei, bleibt offen. Jedenfalls nicht für die jüdischen Geschwisterkinder. Sie bleiben ausgeschlossen vom Zwiegespräch der Dinge, stehen fremd vor der Natur und reden geschwätzig, um die Stille zu übertönen. Der Standort im Gebirg ist somit ein Ort zwischen Gerede und Ursprache. Der Dichter ist aus dem Paradies der Einheit von Wort und Ding verbannt und empfindet den Zwang, die Welt doch immer neu definieren zu müssen, als Fluch. Sein Weg führt vom mythischen Anfang, als die Dinge Gott antworteten durch ihr Erstehn, hinauf in die Einöde des Schweigens, wo, um mit einem Bild Ingeborg Bachmanns zu reden, nur noch »... leeres Geroll / von Silben ...«[15] zu hören ist. Die Welt als Schöpfungssprache wird zu einem Friedhof von Silben, das lebendige Wort eine abgegriffene Münze. Aus dem anredbaren Gott ist der schweigende Gott geworden, und mit ihm ist die Sprache der Natur verstummt, wofür als Zeichen immer wieder der »Stein« steht. Die Hoffnung, daß der Stock, Symbol einer langen und mühsamen Wanderschaft, ihn zum Sprechen bringen könne, ist gering. Das Gedicht *Die Winzer* wird den seltenen Augenblick beschwören, da der Stock »durchs Stumme hindurchspricht« (S 64). Martin Buber gibt die Schuld für dieses Verstummen Gottes der modernen Philosophie, beginnend mit Spinoza. Er habe Gott die Anredbarkeit genommen.[16] Doch schon im fünften Vers des Johannes-Evangeliums verliert das Wort die Identität mit Gott: »Und das Licht scheint in der Finsternis, und die Finsternis hat's nicht begriffen.« Warum, so könnten wir naiv fragen, muß das Wort scheinen in der Finsternis, warum enthält es sie nicht? Weil es sich im Augenblick des Aussprechens vom Ganzen löst und nur noch entweder Licht oder Finsternis sein kann. In einem einzigen Fall, so künden die Evangelisten, ist das Wort Fleisch geworden: in Jesus. Johannes dagegen kann bloß zeugen vom Licht, die Menschen müssen ihm glauben. Die Kraft des Glaubens ergänzt das abgesplitterte Wort zur »Welt des Wortes«, verbindet seine Wurzel mit der »oberen Wurzel«. Wo dieser Glaube fehlt, bleibt nur noch der Ausweg in die Paradoxie übrig.

Nachdem also feststeht, daß die Sprache der Natur nicht für die jüdischen Wanderer bestimmt ist und sie mit ihrem wiederholten »versteh ich« betonen, daß sie das nur zu gut wissen, im Grunde aber nicht verstehen können, fragen sie sich, weshalb sie trotzdem gekommen seien diesen weiten Weg. Die Antwort fällt überraschend aus. Er sei gekommen, sagt der eine, weil er habe reden müssen mit dem Mund und mit der Zunge und nicht nur mit dem Stock. Zu wem der Stock rede. Der Stock rede zum Stein, und der Stein rede nicht, er spreche,

> »...und wer spricht, Geschwisterkind, der redet zu niemand, der spricht, weil niemand ihn hört, niemand und Niemand, und dann sagt er, er und nicht sein Mund und nicht seine Zunge, sagt er und nur er: Hörst du?« (G 78–81)

Mit diesem Passus nähern wir uns dem Gipfel der Paradoxie. Noch einmal wird das Reden deutlich vom Sprechen unterschieden. Die Aufgabe des Juden wäre es offenbar, den Stock wie eine Wünschelrute über den Stein gleiten zu lassen, weil nur er die geheimen Kräfte wekken könnte. Der Stein aber spricht, weil niemand ihn hört. Das Wort, das bei den Dingen und bei Gott ist, kennt keine Zunge und kein Fleisch, und gerade weil diese Sprache niemand hören kann, ist sie vollkommen. Das ist die Tatsache, mit der sich die Geschwisterkinder abfinden müssen, die – angewiesen auf Zunge und Mund – gekommen sind in der Hoffnung, eine reinere Sprache zu vernehmen. Alles Hörbare und Nachsagbare ist bereits Entweder-Oder, Licht oder Finsternis. Nun fällt auf, daß Celan das indefinite Pronomen »niemand« zweimal setzt: »niemand« im Sinne von »keiner« ist damit gemeint, aber auch der unbestimmbare »Niemand«. Dieser Niemand wäre ein Wesen vor der Individuation, aus »lauter Es« bestehend, das noch eins wäre mit der Schöpfungssprache. Da in der jüdischen Mystik der Gottesname nur umschrieben werden darf und da die Scheu vor jeder näheren Definition so groß ist, daß ihn das »Nichts« am besten vertritt, liegt die Vermutung nahe, Celan sehe hinter dem »Niemand« den Schöpfer selbst, ähnlich wie in den Eingangsversen des *Psalm*:

> »Niemand knetet uns wieder aus Erde und Lehm,
> niemand bespricht unsern Staub.
> Niemand.
>
> Gelobt seist du, Niemand.
> Dir zulieb wollen
> wir blühn.
> Dir
> entgegen.« (N 23)

Das indefinite Pronomen »niemand« wird von Celan wortwörtlich als stellvertretendes Nomen für das Unbestimmte und Unbestimmbare, weil Absolute, aufgefaßt. Während aber im *Psalm* der grammatikalische Unterschied zwischen Groß- und Kleinschreibung eindeutig im Dienste der Paradoxie steht – der Dichter kann sich nicht für die Lobpreisung oder Verneinung der Schöpfung entscheiden, er kann nur beides im gleichen Atemzug tun –, stellt Celan im Prosatext die Nichtswürdigkeit des Einzelnen der Unfaßbarkeit des Schöpfers gegenüber. Ihm antworten die von seiner Hand geschaffenen Dinge, keine schwerfällige Zunge blockiert die Verständigung, denn »er und nur er« heißt: das reine Wesen des Steins kommt zum Ausdruck, aber eben nur für diesen Niemand. Als Individuen mit einer schweren Zunge, mit verklebten Ohren und dem Schleier in den Augen schnappen die beiden Juden von der Geheimsprache zwischen Schöpfer und Geschöpf einzig die Aufforderung auf, hinzuhören. Indessen erweist sich das Du, das sich nun überraschend in die Sprache aus lauter Er und Es eingeschlichen hat, sehr bald als trügerisch, denn anstelle einer erwarteten Offenbarung folgt die lakonische Feststellung: »Ich bin da...«. Alles Folgende ist bereits wieder echohafte Wiederholung des schon Gesagten, des Geschwätzes:

> »Hörst du, sagt er – ich weiß, Geschwisterkind, ich weiß... Hörst du, sagt er, ich bin da. Ich bin da, ich bin hier, ich bin gekommen. Gekommen mit dem Stock, ich und kein andrer...« (G 82–84)

Wir beobachten einen ähnlichen Prozeß wie bei der Verschleierung der optischen Eindrücke: das Wissen schiebt sich vor das Gehörte, es steht der Steinsprache im Wege. Es ist kein Wissen im Sinne von objektiver Erkenntnis, sondern ein rein verbales Wissen, eine Sammlung dessen, was man ausdrücken kann. Das persönliche Schicksal der Juden vermischt sich infolgedessen mit der Aussage des Steins, ja wird sogar identisch mit ihr. Die Aufforderung »Hörst du« wird sogleich zu einem neuen, umschreibenden Namen für den Schöpfer: »...denn Hörstdu, das ist der mit den Gletschern, der, der sich gefaltet hat, dreimal, und nicht für die Menschen...« (G 89–91).

Die Entfremdung von der Sprache der Natur kommt wohl nirgends stärker zum Ausdruck als in diesem höhnischen »Hörstdu« des Steins, und dennoch scheint eine Einsicht gewonnen zu sein, die auf früheren Etappen der Gebirgsexpedition noch nicht möglich war: die Erfahrung der Grenze. Es besteht für mich kein Zweifel, daß Celan für seine Dichtung eine Sprache sucht, die sich an der verlorenen Ursprache des Steins, der Schöpfung orientiert. Es wäre eine Sprache, die der Erinnerung an das Gräßliche dieser jüdischen Existenz gewachsen wäre, eine Sprache, in der totale Vernichtung und Neuschöpfung ineinander übergingen. Um zu ihr vorzustoßen, muß der Dichter den Raum des Schweigens durchschreiten, denn nur dort, an der Grenze des Verstummens, kann er hinüberhorchen und vielleicht ein paar Silben der verlernten Ursprache aufschnappen. Das *Gespräch im Gebirg* enthält sie nicht etwa als letztes, nach qualvoller Suche aufgespürtes Gut; es stellt nur den Weg dar, der zu ihr führen könnte, sowohl inhaltlich als auch formal. Diesen Weg muß Celan, wie wir noch sehen werden, in jeder Dichtung von neuem zurücklegen. Er wäre am kürzesten zu umschreiben mit der früheren Formel: »Vernichten – ichten – Licht«. Er führt ihn über die Erkenntniskrise, durch die »tausend Finsternisse todbringender Rede« (Br 128) zu jener Grenze, wo hinter dem Reden das Sprechen anhebt, von dem er freilich nur ein »Hörstdu« vernimmt. Wir haben den Vorgang bei der Deutung des Paradoxons bereits geschildert. Vernichtung und Schöpfung gehören untrennbar zusammen, im Nichts ist das Etwas aufgehoben. Wir begreifen das radikale Mißtrauen gegen die Sprache. Einerseits ist der Türkenbund kein Türkenbund, der Juli kein Juli ohne den Blick des Juden, existiert die Welt nicht für den Dichter, bevor er sie in der Gestaltung erlöst hat. Andererseits aber macht gerade dieser Akt ihm schmerzlich bewußt, daß es eine Ursprache gab und gibt, von der er ausgeschlossen bleibt. Je größer die Lust, alles in Worte umzumünzen, desto größer die Angst vor der Isolierung durch das Wort.

Daß aber, nachdem dieser Weg zurückgelegt ist, trotz aller Skepsis eine Äußerung möglich wird, zeigt der nächste Abschnitt (G 97–113), in dem zum erstenmal von einer Vergangenheit die Rede ist. Nachdem die Sätze immer bruchstückhafter geworden sind, sich die Wiederholungen bis an die Grenze des Gestammels gehäuft haben und immer öfter

Pünktchen für die versagende Sprache einspringen mußten, wird der Text plötzlich wieder zusammenhängender, wenn auch dadurch nicht unbedingt durchsichtiger. Wie eine Verwirklichung des Gedankens aus der Bremer Rede – daß die Sprache keine Worte hergegeben habe für das, was geschehen sei, und trotzdem »›angereichert‹ von all dem« (Br 128) wieder habe zutage treten dürfen – erscheint dieser Passus, eingeleitet durch ein erlösendes »...ich – ich, der ich dir sagen kann...« (G 96). Obwohl die erinnerte Situation konkret kaum vorstellbar ist, spüren wir, daß Celan hier eine Art Summe seines Schicksals zieht. Im Mittelpunkt steht eine herunterbrennende Sabbat-Kerze, Symbol für die Vernichtung seiner Geschwisterkinder, mit denen er auf den Steinfliesen lag; die er nicht lieben konnte, wie sie ihn nicht liebten. Das einzige, was er, auch später noch, zu lieben vermochte, war das Herunterbrennen der Kerze, war der Schmerz, der ihm zur Quelle für die Dichtung wurde. Daß sich der Erzähler inmitten von »Geschwisterkindern« und zudem in einer Situation äußerster Bedrohung – vermutlich spielt Celan auf seine Gefangenschaft in einem Arbeitslager an – einsam und ungeliebt fühlte, führt uns die tiefe Isolation dieses Dichters drastisch vor Augen. Zur Einsamkeit kommt die Schuld hinzu, als Einzelner zu überleben: »Aber ich, Geschwisterkind, ich, der ich da steh, auf dieser Straße hier, auf die ich nicht hingehör, heute, jetzt, da sie untergegangen ist, sie und ihr Licht...« (G 92–95). Die Frage dürfte sich für Celan schon sehr früh gestellt haben, ob das Einzelschicksal der Isolierung und menschlichen Entfremdung eines jüdischen Dichters gemessen am Schicksal eines ganzen Volkes überhaupt seine Berechtigung habe; ob es erlaubt sei, privates Leben in Dichtung zu verwandeln, während eine ganze Kultur am Rande des Untergangs stehe. Der Künstler ist ja, wenn man so sagen darf, ein asoziales Wesen, und besonders der Lyriker muß sich, um überhaupt schaffen zu können, auf sein innerstes Ich zurückziehen. Darüber kann die Illusion, die sich mit dem Modewort »Engagement« verbindet, nicht hinwegtäuschen. Spricht, so müssen wir fragen, aus dem Geständnis, daß er seine Geschwisterkinder nicht geliebt habe, eine Selbstanklage des Dichters? Hat Celan sein Künstlertum als Verrat an der jüdischen Sache empfunden? Peter Paul Schwarz hat die Lyrik Paul Celans einleuchtend als Totengedächtnis interpretiert. Sie mache sich zur Aufgabe, die Leiden der Unschuldigen ins allgemeine Bewußtsein zu heben.[17] Die *Todesfuge* (M 37) und viele andere Gedichte unterstützen diese These. Doch das *Gespräch im Gebirg* zeigt uns auch das unlösbare Dilemma, in das ein Individualist vom Range Paul Celans gerät, wenn er zum Sprecher einer Masse werden sollte. Es dürfte ihm schlechterdings unmöglich gewesen sein, die Menschen – auch die Juden – als Kollektiv zu lieben, ihm, der so schwer zu einem Du Zugang fand.

Wir müssen es, was diesen bekenntnishaften Abschnitt betrifft, bei Vermutungen bewenden lassen. Entscheidend für unser Verständnis des Celanschen Verhältnisses zur Sprache ist die Tatsache, daß sie nach dem »furchtbaren Verstummen« (Br 128), nach der Läuterung im Schweigen wieder Worte hergibt, daß der Dichter an der Grenze des Unsagbaren nicht scheitert. Wie gefährlich freilich dieser Vorstoß bis zum »Schon-nicht-mehr« (Me 143) sein kann, gibt Celan im Text unmißverständlich zu erkennen: durch einen literarischen Vergleich. Zweimal, im ersten und im zweitletzten Abschnitt, zitiert er Büchners Lenz-Figur. Es heißt vom Juden: »...da ging er also und kam, kam daher auf der Straße, der schönen, der unvergleichlichen, ging, wie Lenz, durchs Gebirg...« (G 11–13), und gegen Schluß: »...wir, die Juden, die da kamen, wie Lenz, durchs Gebirg...« (G 131–132). Die Büchnersche Novelle beginnt mit dem Satz: »Den 20. Jänner ging Lenz durchs Gebirg.«[18] Büchner entrückt zu Beginn den gemütskranken Stürmer und Dränger der menschlichen Gesellschaft und setzt ihn dem nackten Gebirge aus. War Celan so sehr fasziniert von der Wucht dieses Anfangs, daß er glaubte, seine Juden könnten das Gebirge nicht anders durchqueren als mit den Schritten von Lenz? Soll man ihn deswegen in die Nähe von Hofmannsthal rücken, dessen Dichtung vom Wissen um die Tradition gesättigt ist? Das wäre wohl zu weit gegangen. Der Kunstgriff ist einleuchtend: Celan holt mit diesem Vergleich die verzweifelte Einsamkeit des Wahnsinnigen in den Text herein, ohne explizit davon sprechen zu müssen. Er schmuggelt für den Leser, der diesem Fingerzeig nachgehen will, eine weitere Dimension ein. Daß er dies mit Spolien aus Büchners Werk tut, hat einen naheliegenden Grund. Celan beschäftigte sich in der Zeit, da die Prosadichtung entstand, intensiv mit Büchner. Die Frucht dieser Beschäftigung ist die Büchner-Preis-Rede, ein Jahr später gehalten, die weit über eine Gelegenheitsanbiederung mit dem Dichter des *Lenz* hinausgeht. Er kommt unter anderem auf die Novelle zu sprechen und fragt sich, wo denn der »wahre, der Büchnersche Lenz« (Me 140) zu finden sei, das Ich, das uns betreffe, nicht der genialische Künstler, zu dem man allzu leicht Distanz gewinne. Dann zitiert Celan als knappste Charakterisierung die Stelle: »...nur war es ihm manchmal unangenehm, daß er nicht auf dem Kopf gehen konnte«[19], und seine Interpretation in der Rede lautet:

> »Wer auf dem Kopf geht, meine Damen und Herren, – wer auf dem Kopf geht, der hat den Himmel als Abgrund unter sich.« (Me 141)

Diesen Satz muß man zum Verständnis des Büchner-Einsprengsels beiziehen. Lenz und mit ihm so viele Stürmer und Dränger scheitern letztlich daran, daß sie sich nicht in das All hineinwühlen können. In seltenen Augenblicken gelingt dem Büchnerschen Lenz eine Art Vereinigung mit dem Kosmos, dann nämlich, wenn er den Kopf ins Moos legt und die weichende Erde unter ihm zu einem wandelnden Stern wird. Aber das sind nur ekstatische Ausnahmemomente. Man müßte so gehen können, denkt Celan, die Erde als lastende Traube im Gemüt. Das würde auch heißen, daß man die Bilderwelt direkt in Schritte, in Sprache umsetzen könnte. Der aufrecht Gehende ist der diskursiv denkende und logisch sprechende Mensch. Wer auf dem Kopf geht, vertauscht die Gegensätze und hebt sie auf. Er spricht paradox. Die Welt sieht er verkehrt, um ihren Unsinn im Absurden aufzulösen und erträglicher zu gestalten. Die geistig-seelische Spannung eines solchen Balanceaktes ist ungeheuer groß, und für manchen endet sie im Wahnsinn. Für Celan, dessen ganze Dichtung ein unablässiger Versuch ist, den Himmel als Abgrund zu ertragen, wird der Büchnersche Lenz zum Schatten. Die Angst vor der Umnachtung begleitet sein Werk von den Anfängen an. »Wir schliefen nicht mehr, denn wir lagen im Uhrwerk der Schwermut« (M 48), heißt es schon in einem der frühen Gedichte aus *Mohn und Gedächtnis*. Der Weg hinauf ins Gebirg – dies wäre die weitere Dimension – ist auch ein Weg zunehmender Introversion und Abkapselung, die Flucht aus dem unerträglichen Dasein in eine Steinwüste tödlicher Einsamkeit. Die Ahnung hat sich, wie wir wissen, auf eine tragische Weise bestätigt. Der Dichter Paul Celan, zeitlebens starken Depressionen unterworfen, suchte Ende April 1970 den Tod in der Seine, wohl nicht zuletzt aus Angst vor einer dauernden Internierung.
Das *Gespräch im Gebirg* ist das erschütternde Dokument einer Selbstbegegnung. Dies bezeugt nicht nur der Schlußsatz, Celan möchte es auch in der Büchner-Preis-Rede so aufgefaßt wissen, wenn er seine Prosadichtung mit den Worten in Erinnerung ruft: »Ich hatte mich, das eine wie das andere Mal, von einem ›20. Jänner‹, von meinem ›20. Jänner‹, hergeschrieben. Ich bin... mir selbst begegnet.« (Me 147) Auf engstem Raum werden Fragen des Erkennens und des Dichtens mit der Problematik einer jüdischen Existenz im zwanzigsten Jahrhundert verquickt. Eine Dichtung, die meiner Ansicht nach zum Bedeutendsten gehört, was Lyriker unserer Tage in Prosa geschaffen haben.
Es schien mir sinnvoll, diesen »Grundriß« Celans den Gedicht-Kapiteln vorauszuschicken, damit deutlich wird, wie dünn die Luft im Raum ist, aus dem dieser Dichter zu uns spricht, und mit welchem

Ernst der Sprachkonflikt von ihm ausgetragen wird. Bevor wir uns nun eigentlichen Sprach-Gedichten zuwenden, wollen wir an zwei frühen Beispielen aus den Bänden *Mohn und Gedächtnis* und *Von Schwelle zu Schwelle* untersuchen, wie sich das Ringen um die lyrische Form manifestiert.

2 Mohn und Gedächtnis

»Die Dichtung, meine Damen und Herren –: diese Unendlichsprechung von lauter Sterblichkeit und Umsonst!« (Me 146)

1 UMSONST malst du Herzen ans Fenster:
2 der Herzog der Stille
3 wirbt unten im Schloßhof Soldaten.
4 Sein Banner hißt er im Baum – ein Blatt, das ihm blaut, wenn es herbstet;
5 die Halme der Schwermut verteilt er im Heer und die Blumen der Zeit;
6 mit Vögeln im Haar geht er hin zu versenken die Schwerter.
7 Umsonst malst du Herzen ans Fenster: ein Gott ist unter den Scharen,
8 gehüllt in den Mantel, der einst von den Schultern dir sank auf der Treppe, zur Nachtzeit,
9 einst, als in Flammen das Schloß stand, als du sprachst wie die Menschen: Geliebte…
10 Er kennt nicht den Mantel und rief nicht den Stern an und folgt jenem Blatt, das vorausschwebt.
11 »O Halm«, vermeint er zu hören, »o Blume der Zeit«. (M 9)

Wir versuchen, an der scheinbar leicht verständlichen Stelle ins Gedicht einzutreten, wo es heißt: »einst, als in Flammen das Schloß stand, als du sprachst wie die Menschen: Geliebte...«. Dieser Vers ist aus der Entsagung heraus gesprochen. Der Sprecher befindet sich außerhalb der Zone menschlichen Sagens. Rückschauend erinnert er sich jedoch, einmal Menschenworte gebraucht zu haben, einst, als in Flammen das Schloß stand; das heißt, zunächst einmal ganz allgemein ausgedrückt: als er in Liebe entbrannt war. Feuer tritt bei Celan häufig als Attribut der Liebenden auf. Das Gedicht *Nachtstrahl* beginnt mit dem Vers: »Am lichtesten brannte das Haar meiner Abendgeliebten« (M 27), und an einer andern Stelle ist von einem »Hauch wie von Feuer« (S 20) die Rede, der um die Geliebte schwebt. Daß der Sprecher sich aber nicht in der ersten Person Einzahl einführt, sondern sich nur zögernd mit dem erlebenden Subjekt identifiziert, indem er das »du« wählt, zeigt deutlich, wie groß sein Bedürfnis ist, Abstand zu gewinnen. Erst aus der Distanz des Du wird es dem Ich möglich, seine frühere Verstricktheit in menschliche Schicksale zu überblicken. Aber im Du spricht Celan auch sein lyrisches Ich an, das ihm noch fremd ist und wohl immer fremd bleiben wird.
An die vergangene Zeit der Liebeswirren erinnert sich der Dichter – so wollen wir den Mann am Fenster der Einfachheit halber künftig nennen –, der »Herzen« an ein Schloßfenster malt, durch das man in den Hof hinunterblickt. Träumerische Wehmut liegt in dieser Gebärde. Da wird im Staub nachgezeichnet, was einst brennende Intensität war. Vielleicht ist die Scheibe auch nur behaucht, und die Herzen verschwinden wieder nach geraumer Weile wie ein Bild, das vor dem inneren Auge kurz aufleuchtet und wieder verblaßt. Diese Situation entspricht genau dem Vorgang des Erinnerns. Die Fensterscheibe wird zur transparenten Scheidewand von oben und unten, außen und innen; die Herzen sind die Zeichen, welche die Vergangenheit magisch beschwören sollen. Man könnte so weit gehen und sagen: erst die Herzlinien ermöglichen den Blick in den Schloßhof. Indes nimmt der beobachtende Dichter unten auf dem Platz Vorgänge war, die das kindlichnaive Herzenmalen in Frage stellen und ihm das resignierte »Umsonst« entlocken. Ein »Herzog der Stille« tritt auf und wirbt »Soldaten« für einen Feldzug. Auch bei dieser Metapher dürfte Celan von einer konkreten Vorstellung ausgegangen sein: Der Wind treibt im Schloßhof die verwelkten Blätter zu Haufen zusammen. Der Herzog der Stille steht im Dienst einer Macht, die man dem Schweigen gleichsetzen kann. Wer aber ist der Gegner dieses Schweigeheeres, welches ist das Streitobjekt? Die eigentliche Schlacht wird verschwiegen, ja wir sind nicht einmal im

klaren darüber, ob überhaupt ein Kampf stattgefunden hat oder noch stattfinden wird. Die Anwerbung und das Hissen des »Banners« deuten eher auf das letztere. Dagegen scheint zu sprechen, daß der Herzog die »Schwerter« versenkt. Wird hier etwa nicht mit Waffen gekämpft? Sind die »Halme der Schwermut« und die »Blumen der Zeit« als Beute oder Ausrüstung zu verstehen?
Man ist versucht, den Herzog in etwas eigenwilliger Etymologie nicht von »Heer« (derjenige, der vor dem Heer zieht), sondern von »Herz« abzuleiten. Dann nämlich gewinnt diese in dünnem Goldstaub flimmernde, halb mittelalterliche, halb surrealistische Herbstlandschaft eine neue Perspektive: sie wird im wörtlichsten Sinne zur Landschaft der Seele. Der Blick durchs Fenster ist ein Blick des Dichters in sein eigenes Gemüt. Man möchte sich gerne vorstellen, daß sich das Geschehen im Schloßhof innerhalb der gemalten Herzlinien abspielen würde, womit das Zeichen für die Innenwelt des Schauenden zugleich den Rahmen des Geschauten abgäbe. Jede andere Deutung, die diesen Aspekt ganz beiseite läßt, trägt meiner Meinung nach der schwermütigen Introversion, die vor allem aus dem Frühwerk Paul Celans spricht, zu wenig Rechnung. Das Gedicht stammt aus dem zweiten, 1952 erschienenen Band *Mohn und Gedächtnis*[1]. Diese frühe Lyrik ist – um an den letzten Satz aus dem *Gespräch im Gebirg* anzuknüpfen – zuallererst ein Weg des Dichters zu ihm selbst. Celan ist sich dessen voll bewußt, wenn er in der Büchner-Preis-Rede im Anschluß an den Kommentar zu seiner Prosadichtung sagt:

> »Geht man also, wenn man an Gedichte denkt, geht man mit Gedichten solche Wege? Sind diese Wege nur Um-Wege, Umwege von dir zu dir? Aber es sind ja zugleich auch, unter wie vielen anderen Wegen, Wege, auf denen die Sprache stimmhaft wird, es sind Begegnungen, Wege einer Stimme zu einem wahrnehmenden Du, kreatürliche Wege, Daseinsentwürfe vielleicht, ein Sichvorausschicken zu sich selbst, auf der Suche nach sich selbst... Eine Art Heimkehr.« (Me 147)

Wir merken, um noch einmal auf das »du« in den Zeilen 1 und 7 zurückzukommen, daß Celan einen möglichen Partner zwar nicht ausschließt, daß er aber, kaum hat er ihn erwähnt, wieder auf die Selbstsuche zurückkommt. Somit müssen wir präzisieren: Das »du« vereinigt den Leser, der sich mit dem Autor identifizieren kann, und ihn selbst zu einer Person. Es leuchtet ein, daß am Anfang einer lyrischen Produktion diese Selbstsuche im Vordergrund steht. Der sich entfaltende Dichter ist gebannt von den Vorgängen in seinem Innern, fasziniert vom Wechselspiel seiner schöpferischen Kräfte. Man ist heute zu schnell bereit, diese unumgängliche Phase der Selbstbegegnungen, des Abtastens der eigenen Möglichkeiten als unfruchtbaren Narzißmus abzutun, indem man sich auf die Pflicht zum »Engagement« beruft, als ob der Dichter seiner Gesellschaft nicht auch dadurch dienen könnte, daß er seine Existenz im Kunstwerk erfahrbar macht.

Solcher Erfahrung dient der Blick ins eigene Gemüt. Das Turmzimmer ist der Ort des Bewußtseins. Als Schauplatz für die unbewußten Vorgänge dient der »Schloßhof«. Man könnte sich mit Recht fragen, weshalb diese Zone nicht ins Gebäude hinein verlegt worden sei. Der Kerker würde sich anbieten, das Turmverlies. Doch gerade an diesem Beispiel zeigt sich, daß Celan nicht streng nach psychologischen Kriterien verfährt. Er konstruiert nicht eine lokale Metapher für das Unbewußte, sondern er schaut mit dem inneren Auge eine Landschaft, die mit ihren surrealistischen Elementen der Traumlandschaft verwandt ist. Wenn wir auch ohne psychologische Hilfskonstruktionen nicht auskommen werden, so gilt es doch in erster Linie, diese Traumlandschaft in ihrer Eigengesetzlichkeit zu begreifen. Das Banner, das der Herzog hißt, wird als »Blatt« gesehen, das in einem »Baum« »blaut, wenn es herbstet«. Dieses »blauen« scheint der herbstlichen Jahreszeit zu widersprechen, wir erwarten eher »sich röten« oder »vergilben«. Doch Celan hat eine Vorliebe für verfremdende Farbgebungen. Das ungewohnte Farbadjektiv zum Beispiel nimmt dem dazugehörigen Substantiv die konventionelle Bedeutung, ohne sie ganz zu verdrängen, und schafft sozusagen Raum für den neuen Wortinhalt. Zwei typische Beispiele dieser Technik finden wir am Anfang des Gedichtes *Der Sand aus den Urnen*:

»Schimmelgrün ist das Haus des Vergessens.
Vor jedem der wehenden Tore blaut dein enthaupteter Spielmann.«
(M 18)

»Schimmelgrün« deutet darauf hin, daß im Bereich des Vergessens die Sinneseindrücke morsch werden. Doch gleichzeitig enthält »grün« einen Hinweis auf die organische Fruchtbarkeit dieser Zone. Wäre ihm dieser Aspekt nicht wichtig gewesen, hätte Celan einfach sagen können: Schimmlig ist das Haus des Vergessens. Dann die »wehenden Tore«: das Adjektiv verwischt den Eindruck des Festgemauerten, den »Tor« und »Haus« evozieren. Wehende Tore kann allenfalls ein Zelt haben, doch dann ist »Tor« wieder nicht der gebräuchliche Ausdruck. So verändern die Wörter gegenseitig ihr Gewicht, und es entstehen neuartige semantische Mischungen. Der »enthauptete Spielmann« paßt

zum Vergessen. Wir denken an ein geköpftes Bewußtsein. Doch nun blutet er nicht, sondern er »blaut«. Die Laut-Assoziation ist leicht nachvollziehbar. Blau ist die geheimnisvollste aller Farben, in der Dichtung oft als Symbol tiefster Erfüllung eingesetzt. Denken wir nur an die blaue Blume des Novalis. Gottfried Benn nannte sie die »Farbe der Introvertierten«[2]. Blau drückt bei Celan oft eine große Verheißung aus. Gewitterhaft blau ist das Auge der Geliebten, das der Erde den Himmel reicht (M 55). Die leere Mandel nimmt am Schluß des Gedichtes *Mandorla* das tief leuchtende Königsblau des Auges an, das dem »Nichts in der Mandel« (N 42) entgegensteht. Im Blau wird ein »schattenverheißendes Baumwort« (S 10) gesprochen. Das blauende Blatt ist ein Zeichen seelischer Fruchtbarkeit und Aktivität.
Diese Fruchtbarkeit scheint an den Herbst gebunden zu sein. Der Sommer ist in Celans Dichtung die Jahreszeit der Fülle, der Liebe, des unreflektierten Erlebens. Von ihr spricht der Dichter nicht ohne Bitterkeit. Sie klingt an im »einst« unseres Gedichtes. Im hitzigen Sommer werden die Brände gelegt. Doch nicht nur die Liebe, auch die Zeit wird als verzehrender Brand empfunden. Der Strom der Zeit trifft oft als Sandstrom in Erscheinung. Im Sand erkennen wir den Erlebnisniederschlag, den der Dichter in Urnen sammelt und von dem er sich nährt, wie es im Gedicht *Der Sand aus den Urnen* heißt: »Du füllst hier die Urnen und speisest dein Herz.« (M 18) Das Bild des Sandstroms zeigt die Vergänglichkeit der Sommer-Erlebnisse. Jeder Dichter kennt die Angst, das Leben zerrinne ihm zwischen den Fingern, bevor er aus dem Sand sein Gold gewaschen habe. Der Sommer ist somit eine Chiffre für jene Phasen im Leben eines Künstlers, in denen er nur aufnimmt, sich vollsaugt mit Stoff. Im Herbst dagegen wird geerntet und gekeltert, was für den Dichter heißt: geläutert und gesichtet. Dann bricht die Zeit der Erinnerung, des Gedächtnisses an:

»STUMME HERBSTGERÜCHE. Die
Sternblume, ungeknickt, ging
zwischen Heimat und Abgrund durch
dein Gedächtnis.« (N 21)

Der Herbst hat zwei Gesichter. Zwischen Sommer und Winter vereinigt er die extremsten Gegensätze von Leben und Tod in sich. Was von den Erlebnissen wert ist, geerntet zu werden, bewahrt der Dichter im Gedächtnis, der Rest fällt dem Vergessen anheim. Sommer und Herbst gehören bei Celan zusammen wie die Goetheschen Begriffe Systole und Diastole. Seine Formel für den Antagonismus lautet: »Mohn und Gedächtnis«. Das Bild stammt aus dem Gedicht *Corona*, wo es heißt: »wir lieben einander wie Mohn und Gedächtnis« (M 33). Es ist eine für Celan typische Konstruktion. Das Konkrete verschmilzt mit dem Abstrakten, das eine bedingt das andere. Im Mohn klingt das Rauschhafte, Betäubende, aber auch Vergängliche des Lebens an, das nach der bewahrenden Kraft des Gedächtnisses ruft; umgekehrt bedarf das Gedächtnis der Lebensfülle. Zeichen für diese Wechselbeziehung ist der Baum in unserem Gedicht. Das Blatt wird in der Krone gehißt und somit sichtbar emporgehoben. Der Baum aber streckt seine Wurzeln ins Erdreich des Schloßhofes. Im Vorgang des Blauens ist angedeutet, daß sich das organische Blatt, nachdem es von den Wurzeln genährt worden ist, zum geistigen Wahrzeichen verwandelt, indem es zum Banner wird. Celan weiß sehr wohl um die Notwendigkeit der Wurzelkräfte für das schöpferische Gedeihen. Im Gedicht *Vor einer Kerze* stehen die Verse:

»im Namen der Drei, deren Ringe
am Finger mir glänzen, sooft
ich den Bäumen im Abgrund das Haar lös,
auf daß die Tiefe durchrauscht sei von reicherer Flut –« (S 34)

Um dieses Rauschen in der Tiefe einzufangen, strecken die Bäume nicht nur ihre Wurzeln aus, sondern sogar Haare, welche die Funktion von feinsten Tastorganen übernehmen. Die reichere Flut ist nicht nur der passive Schatz von Bildern und Erfahrungen, die sich im Dichter abgelagert haben. C. G. Jung würde hierfür den Begriff des kollektiven Unbewußten verwenden. Das persönliche »Es« wäre der Abgrund und Urgrund, in den die Seele, stark bildlich gesprochen, ihre Fühler ausschickt. Es ist nicht ausgeschlossen, daß Celan als Sprachwissenschaftler, der sämtliche Bedeutungsschichten eines Wortes auszuschöpfen gewohnt ist, den Nebensatz »wenn es herbstet« auch noch so meint, daß das »Es« eine Art Ernte durchführt und daß sich, ähnlich wie im Traum, Bilder aus dem Strom lösen und ins Bewußtsein aufsteigen. Denn »herbsten« bedeutet in der Weinbau-Terminologie auch »ernten«, »keltern«. Doch dies bleibt reine Vermutung.
Wir wissen, daß der Künstler der Flut von Bildern, die aus dem Unbewußten strömen, in viel stärkerem Maße ausgesetzt ist als jeder andere Mensch, doch macht ihn diese Empfänglichkeit allein noch nicht zum Maler, Musiker oder Dichter. Die rauschende »Flut« ist zwar die unabdingbare Voraussetzung für das schöpferische Tun, aber wenn der Schaffende dieser Macht seine formende Kraft, seinen Kunstverstand nicht entgegenzusetzen vermag, wird er von ihr zerstört. Darin unterscheidet er sich ja vom reinen Träumer oder gar vom Psychopathen,

daß er die Bilder, welche jene überwältigen, in seine Sprache umsetzt. Dies ist ein Grund, weshalb die Psychologie zum Kunstwerk nur einen beschränkten Zugang schaffen kann. Die psychologische Deutung hört dort auf, wo das spezifisch Dichterische beginnt. In der Formel »Mohn und Gedächtnis« ist auch diese Antinomie aufgehoben. Wir denken ja nicht nur an den roten Klatschmohn, sondern auch an den »papaver somniferum«, den Schlaf-Mohn, dessen Kapselfrüchte wichtige Opiumalkaloide enthalten. Der Drogen-Rausch ist ein sehr anschauliches Bild für die unkontrollierte Tätigkeit des Unbewußten. Aber das Rauschgift allein hat noch keinen zum Dichter gemacht, sofern der ordnende Geist, für den die Chiffre »Gedächtnis« auch stehen mag, nicht am Werke war. Das Geheimnis des Kunstwerks gründet weder in der Fruchtbarkeit des Unbewußten noch im rationalen Denken allein, sondern es beruht auf dem Ineinanderwirken beider Kräfte; und es ist nicht erstaunlich, daß den Dichter Paul Celan am Anfang seines Schaffens diese für seine künstlerische Entwicklung so wichtige Wechselbeziehung fasziniert. Ob es ihm gelinge, die Dämonen seiner Unterwelt zu bannen oder nicht, ist eine existentielle Frage. Sie schwingt in allen diesen frühen Gedichten mit. Hält der Dichter die ungeheure Spannung zwischen den Polen Mohn und Gedächtnis durch, oder droht ihm, wie so vielen vor ihm, das Schicksal geistiger Umnachtung? Immer wieder sucht er neue Metaphern für diese Polarität, und oft haben sie einen erotischen Beiklang wie im zitierten Beispiel, wo er den »Bäumen im Abgrund« das Haar löst. Wenn die Liebenden in *Corona* sagen: »wir lieben einander wie Mohn und Gedächtnis« (M 33), so heißt das deutlich, daß das höchste Glück identisch ist mit dem harmonischen Ineinandergreifen beider Bereiche. Die Frau verkörpert das überpersönliche Reich der Mütter, der Mann das geistige Prinzip, die ordnende und hervorbringende Kraft.

Im Gedicht *Die Ewigkeit* gibt uns Celan noch einen weiteren Hinweis auf die Bedeutung der Mohn-Chiffre. Dort ist der Mund, der die vom Nachtbaum geflüsterten Namen, die Zeit und die Herzen küßt, »frisch wie der Mohn des Vergessens« (M 66). Vergessen ist das Gegenteil von Gedächtnis. Nach all dem Gesagten haben wir uns aber dieses Vergessen nicht nur negativ vorzustellen, als Bewußtseins-Verlust. Aus dem Vergessenen, das der Psychologe das Verdrängte nennen würde, setzt sich ein Teil des Unbewußten zusammen. Die Aktivität des Vergessens zeigt sich deutlich im schimmelgrünen »Haus des Vergessens« (M 18), wo nicht nur Erlebnisse verschimmeln, sondern auch etwas Neues aufkeimt, was dazu führt, daß die enthaupteten Spielmänner blauen vor den Toren. Das verfremdende Adjektiv »wehend« unterstreicht, wie durchlässig die Tore sein müssen. Im für René Char bestimmten Gedicht *Argumentum e silentio* finden wir die Polarität noch einmal ausgedrückt:

»An die Kette gelegt
zwischen Gold und Vergessen:
die Nacht.
Beide griffen nach ihr.
Beide ließ sie gewähren.« (S 62)

Die Formel »Gold und Vergessen« enthält dieselbe Mischung von Konkretem und Abstraktem wie »Mohn und Gedächtnis«, nur in umgekehrter Legierung. Hier kommt es darauf an, das Gedächtnis bildlich zu definieren als einen Hort kostbarer Schätze, die dem Vergessen entrissen wurden. Golden sind sie aber nur, weil sie durch das Vergessen hindurchgegangen sind. Das Gedächtnis ist somit weit mehr als das bloße Erinnerungsvermögen. Es ist eine Schatztruhe des Gemüts, in der sich die wesentlichen Bilder von den unwesentlichen geschieden haben. Die Qualität des Goldes insinuiert bereits, daß diese Art von Gedächtnis die Vorstufe des Gedichtes sein kann, denn die Nacht, die sowohl an das Gold als auch an das Vergessen gekettet ist, hat nichts mit dem chaotischen Dunkel zu tun, das sich bei Celan so oft mit ihr verbindet; es ist, wie die folgenden Strophen zeigen, vielmehr die »Wortnacht« (S 41), in der das »sternüberflogne«, »meerübergoßne«, das »erschwiegene Wort« (S 62) gedeiht. Von der Paradoxie, daß die dichte Sprache dem Bereich der Nacht zugeordnet wird, kann erst später die Rede sein. Kehren wir zur ersten Strophe unseres Gedichtes zurück!
Wir sind ausgegangen vom blauenden Blatt, von der Funktion des Baumes, haben die Jahreszeiten-Metaphorik kurz gestreift und sind dann auf die Wechselbeziehung von Gedächtnis und Vergessen gestoßen. Die folgenden Zeilen bestärken die Vermutung, der Herzog der Stille sei so etwas wie eine Mittlerfigur zwischen den beiden Bereichen, er streite um das Gold, kämpfe für die Heimholung der Bilder aus dem Vergessen ins Gedächtnis, der Feldzug der Stille sei letztlich ein Feldzug für das erschwiegene Wort. Der am Fenster stehende und Herzen malende Dichter erinnert sich wehmütig an ein vergangenes Liebeserlebnis. Das ist aber nur die eine, bewußte Seite des komplexen Vorgangs »Er-innerung«. Sein ganzes Bemühen wäre vergeblich, wenn nicht der Abgeordnete des Herzens unten im Schloßhof auf seine Weise für das Gedächtnis streiten würde. Er hat eine gewisse Verwandtschaft mit dem blauenden Spielmann vor dem Haus des Vergessens. Sein Verhalten ist sonderbar:

5 »die Halme der Schwermut verteilt er im Heer und die Blumen der Zeit;
6 mit Vögeln im Haar geht er hin zu versenken die Schwerter.«

»Blumen der Zeit« können Verschiedenes bedeuten. Zunächst denkt man an die Blumen der Jahreszeit, die wachsen, »wenn es herbstet«, also etwa an Astern, Dahlien, Herbstzeitlosen. Die naheliegendste Version sollte bei Celan nie ganz außer acht gelassen werden. Im übertragenen Sinne sind es aber auch Blumen, welche die Zeit hervorbringt: Ereignisse oder Erlebnisse. Wir sagten, die Jahreszeit des unmittelbaren Erlebens sei der Sommer. Im Sommer wird die Zeit als fließende, vergängliche Zeit empfunden. Das Bild des Sandstroms weist darauf hin, und nicht selten sieht der Dichter die Zeit als blühende und verwelkende Stunde: »Ich steh im Flor der abgeblühten Stunde« (M 53). Im Gedicht *Auch heute abend* wird eine Rose gespeist »aus rieselnder Stunde« (S 33), und dies führt uns zur dritten Bedeutung der Genitivmetapher: die Blumen der Zeit verkörpern die Zeit. Diese organisch wachsende und welkende Zeit ist nicht die elektronisch meßbare Zeit und auch nicht ein Zeitalter, sondern die Summe dessen, was die Stunden und Tage dem Dichter an Erfahrungen bringen, dieselbe Zeit, die in *Corona* als Baumfrucht gesehen wird:

»Aus der Hand frißt der Herbst mir sein Blatt: wir sind Freunde.
Wir schälen die Zeit aus den Nüssen und lehren sie gehn:
die Zeit kehrt zurück in die Schale.« (M 33)

Das Sinnbild des Kranzes im Titel sagt bereits, daß hier von einer zyklischen Wiederkehr der Zeit die Rede ist. Die Freundschaft des Dichters mit dem Herbst – auch der Herzog kann erst, wenn es herbstet, wirksam werden – befähigt ihn, die Zeit aus ihren Schalen zu lösen. Die Summe der Erlebnisse wird geerntet. Der herbstliche, vor einer schöpferischen Phase stehende Dichter lehrt die Zeit gehen, das heißt: er verfügt über sie, er bringt ihr seinen Rhythmus bei. Die Stunden haben nicht mehr den unaufhaltsam rinnenden Fluß wie in der Sanduhr. Das Bedeutende erhält Dauer. Eine einzige Sekunde kann, nach der Zeitmessung des Dichters, Ewigkeitswert besitzen, bedeutungslose Tage dagegen schrumpfen zu einem Nichts zusammen. Die gehende Zeit ist eine seelisch aufgeladene, aktivierte Zeit. Wenn in *Brandmal* die Zeit gepeitscht wird »bis aufs Blut« (M 48) und die »Winzer« die Zeit pressen »wie ihr Auge« (S 64), um das Sickernde einzukellern, so sind das nur andere Bilder für denselben Vorgang. Es geht darum, aus der Fülle der Ereignisse jene Essenz zu gewinnen, die im Gedächtnis und letztlich im Kunstwerk gespeichert wird. Die Rückkehr der gehenden Zeit in die Schale veranschaulicht dieses Speichern. Damit ist über den Jahreszeitenwechsel hinaus im Sinnbild der Corona der schöpferische Kreislauf angedeutet. Die Blumen und Früchte der Zeit werden geerntet, aus der Essenz entsteht die geistige Frucht, die wiederum gepflückt sein will. Das Gedicht *Die Winzer* (S 64) wird diesen Prozeß als Gärungsvorgang beschreiben.

In unserem Text verkörpert offenbar das namenlose Heer des Herzogs die seelische Aktivität, denn unter den gesammelten Scharen werden die Blumen der Zeit verteilt, gemischt mit den »Halmen der Schwermut«. Eine für die Verwandlung der Zeitfrucht entscheidende Kombination. Darf man sich vorstellen, daß Sträuße gebunden werden aus Schwermut und Zeitblumen? Der Schwermütige ist dadurch gekennzeichnet, daß er der Last seines Gemütes nicht standhält. Die Bilder und Wahnvorstellungen, die ihn heimsuchen, sind mächtiger als der verarbeitende Verstand. Sehr treffend kommt das Wesen der Schwermut in der Metapher der schlanken Halme zum Ausdruck, die sich neigen unter der schweren Frucht. Sie gehört in der Celanschen Antinomie zum Bereich des Mohns, auch sie ist ein Mittel der Betäubung, ein Zaubertrank:

> »Auch wird hier in Krügen kredenzt die lebendige Schwermut:
> blumig finstert sie hoch, eh sie trinken, als wär sie nicht Wasser.«
> (M 17)

Aber in der Verbindung mit den Zeitblumen wird sie zu einer Art Hefe, welche das Erlebte zur Gärung bringt. Schwermut ist eine Chiffre für die innerste Substanz des Dichters. In der Mischung mit ihr wird das Erlebte im wahrsten Sinne des Wortes er-innert. Es wird umgeprägt, so daß es im Gedächtnis bestehen kann. Celan formuliert diesen Akt sehr einfach in dem kleinen Gedicht, das mit den Zeilen beginnt:

> »ICH bin allein, ich stell die Aschenblume
> ins Glas voll reifer Schwärze...« (M 53)

Die welke, verbrannte Blume muß sich vollsaugen mit gereifter Schwermut, damit sie zu neuer Blüte gelangt. Um eine ähnliche Synthese geht es dem Herzog der Stille. In seinem namenlosen Heer vollzieht sich nach der Vermischung der Blumen und Halme jene Anverwandlung der Dinge, um die sich der herzenmalende Beobachter vergeblich bemüht. Die Blumen der Zeit werden zu Herbstzeitlosen, zu überzeitlichen seelischen Engrammen des Dichters.

Weil dieser Prozeß sich im Bereich des Vergessens abspielt, ist jede bewußte und kämpferische Aktivität nutzlos. Celan hat offenbar die Vorstellung eines seelisch-vegetativen Wachstums, auf das die »ratio« keinen Einfluß nehmen kann. Wir erfahren nur, daß der Herzog die Schwerter versenkt und somit auf die üblichen Waffen verzichtet. Mit den Schwertern wurden die Blumen geköpft, wurde die vergängliche Zeit besiegt. Die Jahreszeit für die Begegnung blanker Waffen ist der Sommer. Ganz deutlich wird der Verzicht auf die Schlacht gefordert in den zwei letzten Strophen des Gedichtes *Ein Knirschen...*:

»Barhaupt ragt aus dem Blattwerk der Reiter.
Im Schild trägt er dämmernd dein Lächeln,
genagelt ans stählerne Schweißtuch des Feindes.
Es ward ihm verheißen der Garten der Träumer,
und Speere hält er bereit, daß die Rose sich ranke...

Unbeschuht aber kommt durch die Luft, der am meisten
dir gleichet:
eiserne Schuhe geschnallt an die schmächtigen Hände,
verschläft er die Schlacht und den Sommer. Die Kirsche
blutet für ihn.« (M 20)

Dieser engelhafte Reiter mit den Eisenschuhen an den Händen – das paradoxe Motiv unterstreicht die Sinnlosigkeit der Ritterausrüstung – gleicht am ehesten dem Dichter, ist aber noch lange nicht identisch mit ihm. Er läßt die großen Ereignisse der Zeit im Schlaf an sich vorbeiziehen und lebt im »Garten der Träumer«. Im Traum steigen die Bilder aus dem Unbewußten auf, vermischt mit den Eindrücken des Tages. Der Schlafende ergibt sich, wenn man so will, kampflos dem Unbewußten. Der in der Schlacht stehende Reiter der zweitletzten Strophe dagegen versucht, die Ereignisse bewußt zu bewältigen. Auch er stellt sich somit gegen das seelische Wachstum. Die Speere hält er wie Spaliere bereit, damit die Rose sich daran emporranke. Doch die Pünktchen am Ende der Zeile deuten auf die Vergeblichkeit des Unterfangens hin. Was zwischen den Speeren gedeiht, ist immer noch ein künstlich erzwungenes Blühen. Erst der Verzicht auf die kämpferische Aktivität wird mit der blutenden Kirsche belohnt. Obwohl der Träumer den Sommer verschlafen hat, erntet er dessen Früchte, vielmehr ihren kostbarsten Saft. Das Kirschenblut ist vergleichbar mit dem gepreßten Blut der Traube und dem Zeitsaft im Winzer-Gedicht. Die Schlacht zu verschlafen heißt für den Dichter nichts anderes, als daß er nicht bewußt erzwingen soll, was sich im Unbewußten entwickeln muß. Er kann auf seine inneren Metamorphosen weniger Einfluß nehmen, als ihm vielleicht lieb wäre. Aus dieser Sicht begreifen wir auch die zahlreichen Waffen- und Kampf-Metaphern im ersten Teil des Bandes *Mohn und Gedächtnis*. Bereits im Gedicht *Ein Lied in der Wüste* zieht ein Ritter, der mit dem Degen nach dem Tod gestochen hat, »mit gefälltem Visier den Trümmern der Himmel entgegen« (M 7), und anstelle des üblichen Kettenpanzers trägt er eine »Brünne der Nacht«. Diese Vorliebe für mittelalterliche Rüstungsgegenstände und Waffen zeigt deutlich die Grundhaltung des Dichters am Anfang seines Schaffens. Er ist noch der Geharnischte, will noch erzwingen, was sich nur erdauern läßt. Auch dürfen wir nicht vergessen, daß der schöpferische Akt zugleich ein Kampf mit den eigenen Dämonen ist, wobei der Beteiligte nie mit Sicherheit wissen kann, wer letztlich siegen wird.

In unserem Gedicht sind die Schwerter überflüssig geworden, der Herzog versenkt sie. Und gleich wie der barhäuptige Reiter trägt auch er keinen Helm, sondern »Vögel« im »Haar«. Im Volksmund gilt einer, der Vögel im Kopf hat, als verrückt. Diese Bedeutung mag allenfalls als drohender Unterton mitschwingen. Wir vermuten eher, daß die Vögel, ähnlich wie das blauende Blatt im Baum, auf die seelische Fruchtbarkeit hinweisen. Immer wieder nimmt ja Celan zu Bildern aus der Natur Zuflucht, um das Organische des kreativen Prozesses sichtbar zu machen. Die Bezeichnung »Landschaft der Seele« ist nirgends so wörtlich zu nehmen wie gerade in diesen frühen Gedichten. Auch Peter Paul Schwarz hat überzeugend dargelegt, daß sich in der Vorstellung Celans »die Gefühlskräfte gleichsam organisch formieren«[3]. Die Vögel im Haar sind eine analoge Metapher zum wachsenden Blattwerk in der Baumkrone, wie die zweite Strophe des Gedichtes *Ein Körnchen Sands* bestätigt:

»Ein Vogel,
der rundesten Träne entschlüpft,
regt sich wie Laub über dir« (S 15)

Die Träne als Zeichen des Schmerzes wandelt sich zum Ei, aus dem der Vogel schlüpfen kann. Das ist wohl die kürzeste Formel für die Metamorphose des schmerzlichen Erlebnisses. Der Vogel ist ein Symbol der Freiheit. Befreiung heißt für Celan die Freisetzung des Erlebten im Gedächtnis und in der Sprache. Nun mag man sich fragen, weshalb denn eine Doppelmetapher nötig sei, weshalb der Vogel noch mit dem Laub verglichen werden müsse. Celan nimmt das Baumgleichnis in der letzten Strophe von *Ein Körnchen Sands* nochmals auf:

»Du treibst ihm die Wurzel entgegen,
die dich flügge macht, wenn der Boden von Tod glüht« (S 15)

Das »ihm« bezieht sich auf das im Titel erwähnte Körnchen Sands, das dem Dichter »träumen half« (S 15). Wir merken: Es genügt Celan nicht, die Metamorphose der Träne zum Vogel zu zeigen, er will auch die Bedingungen angeben, unter denen sie sich vollzieht. Erst wenn er die Wurzeln in die Tiefe streckt, wo das vergessene Leid um die Toten so sehr aktiviert wird, daß der Boden zu glühen scheint, erst dann gelingt die Verwandlung und Freisetzung. Flüggewerden ist somit eins mit der Regung des Laubes, der in *Umsonst...* die farbliche Veränderung des blauenden Blattes entspricht. Der Herzog kann getrost die Schwerter versenken, weil er in diesen organischen Kreislauf eingeschlossen ist. Die Vögel im Haar sind ein weiteres Zeichen dafür, daß die Anverwandlung der Dinge im Gange ist, um die es in der ersten Strophe geht.
Refrainartig beginnt die zweite Strophe: »Umsonst malst du Herzen ans Fenster.« Die Wiederholung verstärkt die Vergeblichkeit dieses Malens. Während der Satz aber in der ersten Strophe noch einen ganzen Vers in Anspruch nimmt, figuriert er in der zweiten nurmehr als Halbzeile, und dies dürfte nicht ohne Bedeutung sein, denn Celan hätte das Gedicht leicht auf zwei Fünfzeiler bringen können, wenn er »der Herzog der Stille« nicht unter, sondern neben die Refrainfigur gesetzt hätte. Für das Verständnis des ganzen Gedichtes ist es wichtig, daß der »Gott« unter den Scharen zwar auf denselben Doppelpunkt folgt wie der Herzog, aber typographisch nicht mehr unter dem »Fenster« steht. Er rückt auf die Höhe des herzenmalenden Dichters. So erhalten wir jene bedingte Analogie zwischen Gott, Herzog und Dichter, auf die es Paul Celan ankommt. Was sich mit dem Herzog noch unten im Schloßhof abspielte, steigt durch den Gott nach oben. Dieser Gott wird kaum in streng religiösen Sinn zu verstehen sein. Wie sollte Celan in einem so dichten Geflecht von Metaphern einen nackten religiösen Terminus dulden! Eher ist sein Gott – es heißt ja auch »ein Gott« und nicht der Gott – als Chiffre für etwas Allerhöchstes im Rahmen des kreativen Prozesses zu verstehen. Der Feldzug scheint durch diesen Gott erst seinen Sinn zu bekommen. Wohl hat der Herzog das Banner gehißt, das als Blatt nun vorausschwebt, jedoch der Gott ist die Erscheinung, auf die der Beobachter am Fenster gewartet hat. Wie der Herzog macht auch er das Herzenmalen sinnlos, und er steht in enger Beziehung zum Dichter, denn er ist gehüllt in seinen »Mantel«, der ihm »zur Nachtzeit«, als das Schloß in Flammen stand, von den Schultern gesunken

war. Der Mann am Fenster erkennt, im Gegensatz zum Gott, seinen Mantel. So scheint es, daß der Gott einzig und allein bedeutsam werde als Wiederbringer des Mantels, den der Dichter in den Flammen verloren glaubte.

Ganz am Anfang sagten wir, das brennende Schloß repräsentiere die Zeit des unmittelbaren Erlebens, analog zur Chiffre des Sommers, und das Feuer trete als Attribut der Geliebten auf. Die Frage ist nun, wie wir die Szene auf der Treppe auffassen sollen. Stürzte sich der Dichter nackt ins Feuer, oder hinterließ er auf der Flucht den Mantel als Pfand wie der fliehende Königssohn? Besagen die Pünktchen am Ende von Zeile 9, daß die Sprache der Menschen versagte, oder verweisen sie auf ein unaussprechbares Glück? Die Schwierigkeiten im Verständnis dieser Versgruppe rühren wohl daher, daß Celan auf jede nähere zeitliche Differenzierung verzichtet. Die Ereignisse verschmelzen in der Erinnerung zu einem Punkt, alles hängt ab von diesem »einst, als«. Es gibt somit auch keine eindeutige logische Verstrebung der Teile. Zum Beispiel wird nicht klar, ob das Aussprechen des Wortes »Geliebte« zum Verhängnis führe oder noch als Ausdruck des höchsten Glücks zu werten sei. Wir müssen uns also wiederum auf eine paradoxe Mehrdeutigkeit gefaßt machen und prüfen die möglichen Varianten.

Im Liebesgedicht *Lob der Ferne* finden wir einen ersten Hinweis auf die Bedeutung des Mantels:

> »Im Quell deiner Augen
> leben die Garne der Fischer der Irrsee.
> Im Quell deiner Augen
> hält das Meer sein Versprechen.
>
> Hier werf ich,
> ein Herz, das geweilt unter Menschen,
> die Kleider von mir und den Glanz eines Schwures:
>
> Schwärzer im Schwarz, bin ich nackter.
> Abtrünnig erst bin ich treu.
> Ich bin du, wenn ich ich bin.« (M 29)

Soweit die ersten drei Strophen. Der Dichter taucht ein in den Augenquell seiner Geliebten, und zum Zeichen der restlosen Hingabe entledigt er sich der Kleider, die sein Herz »unter Menschen«, im täglichen Dasein, geschützt und vielleicht auch getarnt haben. Die Kleider repräsentieren den äußeren Schein eines Menschen, die Rolle, die er in der Gesellschaft spielt; also das, worauf es in der Liebe gerade nicht ankommt. Wenn der innere Reichtum entfaltet werden soll, kann der äußere nur störend wirken. Die Liebe ist nur dann ursprünglich, wenn sie den Menschen von seinen Hüllen zu befreien vermag und seinen Kern freilegt. Auch die Sprache kann solche Hüllen oder Tarnkappen erzeugen. Deshalb die Parallele zwischen den Kleidern und dem »Glanz eines Schwures«. Wir denken an Beteuerungen des Herzens, die man schwörend spricht in der Hoffnung, die Gebärde des Schwurs drücke aus, was Worte nicht zu sagen vermögen. Der Dichter weiß, daß nur eine utopisch reine Dichtung von der elementaren Kraft der Liebe zeugen könnte. Zeichen des Elementaren bei Celan ist das Meer im Augenquell oder eben das Feuer, wie auch im Gedicht *Wasser und Feuer*, wo eine Flamme der Geliebten das Brautkleid anmißt und sie der Dichter die »Feuerumsonnte« (M 74) nennt. Die Zeit höchster Erfüllung ist hier wie dort die »Nachtzeit«: »hell ist die Nacht, die uns Herzen erfand« (M 74). In der Nacht sieht Celan, ähnlich wie Novalis, jenen Raum, in dem alle Gegensätze aufgehoben sind und der die inneren Augen sehend macht.

»NACHTS, wenn das Pendel der Liebe schwingt
zwischen Immer und Nie,
stößt dein Wort zu den Monden des Herzens
und dein gewitterhaft blaues
Aug reicht der Erde den Himmel.« (M 55)

Die Vereinigung von Himmel und Erde, dieser ekstatische Augenblick reinster Harmonie, kann nur gelingen, wenn die tarnenden Hüllen des Wesens fallen und sich die Liebenden schutzlos preisgeben. Erst wenn er ganz er selber ist, in der schwärzesten Nacktheit – wobei »schwarz« offenbar als Farbe der Nacht gilt –, wird dem Dichter die Verschmelzung mit dem Du möglich, im Sinne der paradoxen Zeile: »Ich bin du, wenn ich ich bin.« (M 29)

Vorausgesetzt, daß unsere Strophe in diesem Sinne von der Totalität der Liebeserfahrung sprechen will, wäre die Annahme denkbar, daß Celan den gefallenen Mantel als Tarnmantel gesehen hat. Die mittelhochdeutsche Bezeichnung »kappe« für den Mantel mit Kapuze beruht auf einer Entlehnung aus dem Spätlateinischen. Die »cappa« war ein Kapuzenmantel, wie er der ursprünglichen Vorstellung der Tarnkappe entsprach. Auch in den Verben »verkappen« und »bemänteln« wird diese Verwandtschaft spürbar. Freilich kann dies niemals die einzige Bedeutung der Mantel-Metapher sein, denn in der Ökonomie des Gedichtes scheint es wenig sinnvoll, daß der Gott unter den Scharen ausgerechnet diese äußerliche und für den Dichter wertlos gewordene Hülle trägt.

Hinzu kommt, daß ein Tarnmantel den Gott unkenntlich machen würde. Und dann »sinkt« der Mantel ja von den Schultern, und »sinken« deutet eher auf einen schmerzlichen Verlust, ist also kaum zu vergleichen mit dem mutigen Wegwerfen der Kleider in *Lob der Ferne* (M 29). Man hat den Eindruck, daß der Mantel, getragen vom Gott, das Kostbarste verkörpere, was vom Schloßerlebnis übrig geblieben ist.
Wir haben die zweite Möglichkeit zu prüfen: Der Dichter verliert den Mantel auf der Treppe beim Verlassen des brennenden Schlosses. Er ist eine Art Königsmantel und symbolisiert das Reich, das die Liebenden besessen haben. Dieser Besitz kann nicht von Dauer sein. Im brennenden Schloß ist ja die Zerstörung bereits vorweggenommen. Je bedingungsloser sich der Liebende preisgibt, desto unentrinnbarer der Verlust; je verzehrender die Glut, desto größer die Gefahr des Verbrennens. Der Celansche Mensch geht durch die Liebe hindurch wie durch einen brennenden Reifen. Als losgelöste Schlangenhaut, als Zeichen verbrannten Glücks bleibt der Mantel auf der Treppe liegen, und wie der Nackte, der in *Lob der Ferne* von sich sagt: »Abtrünnig erst bin ich treu« (M 29), wartet der Geflüchtete jene Metamorphose ab, die der Herzog der Stille einleitet. In der Liebe fühlte sich der Dichter eins mit der Welt, geborgen im Dasein. Wie von einem Mantel umhüllt lebten die Liebenden nach ihren eigenen Gesetzen. Auch ihre Sprache war eine bergende Hülle. Sie genügte dem Dichter, weil er den Worten vorauslebte. Im Glück fühlt man sich mit allen verschwistert, von allen verstanden, weil die Sprache nichts zu leisten hat. Sie artikuliert nur immer wieder das eine, große Glück. Der Dichter wird von den Worten wie von einem Meer getragen, und weil ihn das Glück an die Möglichkeit der Kommunikation glauben läßt, kann er sich mit der Sprache der Menschen begnügen. Doch auch die Halbzeile »... als du sprachst wie die Menschen: Geliebte...« ist zweideutig. Aus der Fluchtperspektive nämlich wird das Aussprechen der Menschenworte zum Verrat. Sie erhalten nachträglich den trügerischen »Glanz eines Schwures« (M 29). Die Pünktchen könnten so verstanden werden: Im Augenblick, da der Mantel abfällt, verliert der Dichter die nachtwandlerische Sicherheit, mit der er zu den »Monden des Herzens« (M 55) vorstieß. Mit seinem Glück hat er auch die Schutzhülle der Sprache fallen gelassen. Somit wird das brennende Schloß noch vielschichtiger aufzufassen sein als bisher. Es ist diese Geborgenheit im Dasein, welche verlorengeht, die Fähigkeit, ganz in der Gegenwart aufzugehen. Solange er den Mantel trug, war der Liebende König der Gegenwart, nun ist er zum Bettler geworden und zehrt nur noch von der Erinnerung.
Entscheidend ist nun aber, daß der Mantel nicht ein Raub der Flammen

wird – was einem endgültigen Vergessen des in der Nachtzeit Erlebten gleichkäme –, sondern in den Scharen des Herzogs wieder auftaucht. Wir haben im Zusammenhang mit dem Gedicht *Corona* (M 33) von der zyklischen Wiederkehr der Zeit gesprochen, welche aus den Nüssen befreit wird und geläutert in die Schalen zurückkehrt. Dies geschieht im Herbst, zur Zeit des Kelterns. Als Zeitfrucht betrachten wir die Summe der Ereignisse. *Corona* zeigt die Verwandlung im Sinnbild einer Frucht. Unser Gedicht stellt sie anhand einer Figur dar. Der Mantel ist so wenig zweimal derselbe, wie die zweite Schale nicht der Nußschale gleichzusetzen ist. Der Herzog, so legten wir dar, kämpfe in aller Stille für das Gedächtnis, er entreiße die Blumen der Zeit der Vergänglichkeit und bringe sie im zeitlosen Raum des Schweigens zu neuer Blüte. Mit dem Auftauchen des Gottes in der zweiten Strophe ist dieses Ziel erreicht, indem eine Gestalt von göttlicher Macht die »Ewigkeit« des Gedächtnisses verkörpert. Die Ereignisse aus der Nachtzeit sind nun, da sich der Träger des Mantels solcherart verwandelt hat, in die Hülle eingewoben und aufgehoben. Celan selbst verwendet das Mantel-Gleichnis einmal in diesem Sinn. Im Gedicht *Die letzte Fahne* schildert er eine wilde Jagd »in den dämmernden Marken« seines Innern. Ein wasserfarbenes Wild wird gejagt, das am Schluß, wenn das gleichfarbige Vlies als Banner am Turm flattert, offenbar erlegt ist. Die Jäger gleichen Fischern. Sie werfen ihre Netze nach »Irrlicht und Hauch«. Der Dichter, der sich in der letzten Strophe unvermittelt selber anspricht, ist an der Jagd beteiligt. Plötzlich wirft er die bange Frage auf:

> »Ist dicht, was du wähltest als Mantel, und birgt es den Schimmer?«
> (M 19)

Auch hier wieder steht das Zeichen »Wasser« für die Tiefe und Unergründlichkeit des Elementaren. Diese Strophen gehören noch ganz in den Umkreis der Waffen- und Kampfgedichte. Erjagt, gefangen soll werden, was doch nur organisch heranwachsen kann. Der dichte Mantel aber wäre die sprachliche Hülle, die Form. Sie muß schimmern von der Feuchte und Tiefe, aus der sie hervorgeht, so wie der Königsmantel leuchtet vom göttlichen Geheimnis, das er birgt. Es erstaunt nicht, daß Celan in der gefundenen Form ein göttliches Wunder sieht, denn erst im Gedicht findet er ja zu seinem Daseinsentwurf. Im *Gespräch im Gebirg* ist die gültige Sprache identisch mit dem Gesicht des Schöpfers, mit der Natur. Doch Celan formuliert bescheiden: »... ein Gott ist unter den Scharen«. Nicht der höchste Gott und auch nicht einer von vielen Göttern im Sinne der antiken Mythologie, sondern nur eine gott-

ähnliche Figur. Darf man ihn den Gott des Dichters nennen? Eine Gestalt, mächtiger als die küssende Muse, in der sich all jene Dämonen und Kräfte personifizieren, die zur Hervorbringung eines Kunstwerks notwendig sind? Das Auftauchen dieses Gottes kündet an, daß die Seele tatsächlich spricht, wenn man Schillers Wort einmal positiv wenden darf. Die schöpferische Aktivität des Dichters wird verkörpert durch die herzoglichen Scharen, und nun erhebt sich, zum Zeichen des Gelingens, dieser Gott aus ihrer Mitte. Während in der ersten Strophe der Herzog sogar typographisch unter den am Fenster stehenden Dichter gestellt wird, um den Unterschied zwischen bewußtem und unbewußtem Erinnern hervorzuheben, steigert der Gott das herzenmalende Du zum ganzen, ungeteilten Ich. Weder kennt er den Mantel von früher, noch ruft er den Stern an. Wie könnte er ihn auch kennen, da »kennen« voraussetzt, daß sich das einmal entworfene Bild einer Sache oder Person bestätigt. Der Mantel aber hat sich verwandelt. Er umfaßt nun nicht mehr bloß das einmalige und persönliche Erlebnis aus der Nachtzeit, sondern ein Stück privater Schöpfungsgeschichte. Galt er zur Nachtzeit als bergende Hülle der Menschensprache, so ist er jetzt zum Zeichen für eine Gedicht-Sprache geworden, die durch das Schweigen hindurchgegangen ist.
Nicht ganz einfach zu verstehen ist das Stern-Motiv, zumal das Verbum im Präteritum steht:

»Er kennt nicht den Mantel und rief nicht den Stern an und folgt
jenem Blatt, das vorausschwebt.«

Welche Vergangenheit ist gemeint? Gehört der »Stern« noch zur Nachtzeit? Zunächst denkt man natürlich an den Davidstern, das große Glaubenssymbol der Juden, das nach den Ereignissen im Zweiten Weltkrieg, als jeder Angehörige dieses Volkes gezwungen wurde, den gelben Stern mit dem Schimpfwort »Jude« zu tragen, zum Symbol des Schreckens wurde. Ursprünglich aber bedeutete der Sechsstern, der aus zwei ineinander verschränkten Dreiecken gebildet wird, die Durchdringung der sichtbaren und der unsichtbaren Welt. Allzu gern hätten wir dieses Symbol für die zweite Strophe in Anspruch genommen. Doch da sich der Gott gerade nicht auf den Stern beruft, fällt diese Interpretation dahin. Und der Davidstern würde das ganze Gedicht in ein neues Licht rücken. Hätte er als Wahrzeichen in der Nachtzeit geleuchtet, müßte man hinter dem brennenden Schloß wohl ganz konkret die Schrecken der Judenverfolgungen sehen, in den Scharen des Herzogs die Toten, die am inneren Auge des Dichters vorüberziehen, dessen magische Beschwörungen am Fenster vergeblich wären angesichts des großen Unheils. Auch der Gott erhielte dann eine konkrete religiöse Bedeutung: er zöge mit den Toten hinüber ins Schattenreich, weil es dem überlebenden Dichter nach der Katastrophe unmöglich geworden wäre, an ihn zu glauben.

Es spricht nur für die Lyrik Celans, daß auch diese Deutung vertretbar wäre. Doch glaube ich nicht, daß man sich einzig darauf versteifen dürfte, denn in diesem Fall müßte der Dichter ja konsequenterweise verstummen. Seine entscheidende Leistung liegt darin, daß er diese Gefahr immer wieder von neuem überwindet. Der Davidstern kann allenfalls erklären, weshalb der Stern zu einem der häufigsten Zeichen im Frühwerk geworden ist. Auch im *Gespräch im Gebirg* vertritt er die Welt der Erscheinungen, welche sich im Auge des Dichters mit dem Schleier vermischen: »... und der Stern – denn ja, der steht jetzt überm Gebirg –, wenn er da hineinwill, so wird er Hochzeit halten müssen und bald nicht mehr er sein, sondern halb Schleier und halb Stern ...« (G 124–127). Firges sieht in dieser Chiffre den auf der Erinnerungsstufe verklärten Schmerz, gleichsam die im Vergessen versteinerte Träne, welche im Gedächtnis die Leuchtkraft eines Sterns erreicht.[4] Doch darf man ein solches Schema nicht mechanisch auf alle Gedichte übertragen. Der Reichtum der Celanschen Lyrik besteht nicht zuletzt darin, daß dieselben Zeichen immer wieder neue Bedeutungen annehmen. Eine Grammatik der Chiffren kann die Lektüre erleichtern, aber niemals einen Universalschlüssel für das Verständnis liefern. In *Umsonst...* scheint der Stern einzig ein blinkendes Zeichen aus der Nachtzeit zu sein, das einerseits andeutet, wie geschlossen der Kosmos der Liebenden war, andererseits aber auch die große Distanz zu diesem Raum hervorhebt. Der Dichter am Fenster ruft das vergangene Glück an, indem er Herzen heraufbeschwört. Der Gott aber folgt dem Banner des Herzogs, weil das Wachstum der Gedicht-Sprache nicht auf das oberflächliche Erinnern angewiesen ist. Ein gottähnliches Wesen hat es nicht nötig, die Zukunft oder Vergangenheit in den Sternen zu lesen, weil es Gegenwart stiftet. Ja man könnte zwischen den Zeilen heraushören, daß auch die Sterne im neuen Mantel eingewoben seien.

Im Schlußvers verdichtet sich das Bild der ziehenden Scharen zur Prozession. Ein Gesang steigt auf. »O Halm«, vermeint der Gott (und mit ihm vermutlich auch der Dichter) zu hören, »o Blume der Zeit«. Zum zweitenmal in dieser Strophe wird gesprochene Sprache abgebildet. In der Nachtzeit war es die Sprache der Menschen. »Geliebte« ist eines der wenigen unverschlüsselten Wörter in diesem Gedicht. Die Liebe ist die einzige Daseinsform, in der sich das Leben mit der Dichtung vergleichen läßt, weshalb viele Liebesgedichte Celans zugleich Gedichte über das Wort sind. Wir erinnern uns an die erste Strophe aus *Nachts...*, wo das Wort vorstößt zu den »Monden des Herzens« (M 55). In ganz seltenen Augenblicken des Liebesglücks fällt dem Dichter als Geschenk vor die Füße, worum er in seinem Beruf oft jahrelang vergeblich ringt: er fühlt sich eins mit der Welt und braucht nicht nach einer Sprache zu fahnden, welche diese Einheit herbeizwingt. Nun, da dieses Glück zerbrochen ist, meldet sich die Sprache des dichten Mantels. Sie wird den Menschenworten in Anführungszeichen gegenübergestellt. Celan betont: das ist Gesang, Kunstsprache. Im *Gespräch im Gebirg* heißt es: »...man könnte, aber man soll's nicht, sagen, das ist die Sprache, die hier gilt...« (G 61–63). Gemeint ist die ausschließlich für den Schöpfer bestimmte Offenbarung des grünweißen Gletschersees. Auch die Sprache, die in *Umsonst...* gilt, wird zunächst vom Gott unter den Scharen vernommen. »O Halm« und »o Blume der Zeit« sind Fetzen aus der Bildsprache des Gedichtes, Klang gewordene Trauer über den Verlust des Liebesglücks, während das Malen der Herzen ein vergeblicher Erinnerungsversuch bleibt. Noch sind die Metaphern von einem seufzenden »o« begleitet, als traue ihnen der Dichter nicht ganz. Und auch das Verbum »vermeinen« unterstreicht diese Unsicherheit. Aber der Zug des Herzogs ist ja noch nicht an seinem Ziel. Der Gott folgt erst dem vorausschwebenden Blatt, das als Zeichen für die wachsende Gedicht-Sprache zu werten ist, deren erste Ansätze wie der Gesang einer Prozession anmuten. Wir dürfen annehmen, daß der Dichter am Fenster die Worte nachspricht, die zu ihm aufsteigen. So schließt sich der Kreis. Zwischen dem Herzenmalen und dem Wachstum einzelner Metaphern liegt der Feldzug für das erschwiegene Wort, das Gedicht mündet in seine eigene Gestaltwerdung.

Seine Würdigung wäre unvollständig und der Thematik nicht angemessen, wenn wir nicht noch eigens auf die Form eingehen würden. Da überraschen uns zunächst die musikalischen Qualitäten dieser Verse. Eine dunkelsüße Klangmagie, der man sich schwerlich entzieht, erinnert uns eher an das Melos romantischer Gedichte als an die kühle Laborsterilität, die man der zeitgenössischen Lyrik nachsagt. Indes verrät sich die enge Beziehung des Dichters zur Musik bereits in einigen Titeln des Bandes *Mohn und Gedächtnis*. Da finden wir Überschriften wie *Ein Lied in der Wüste* (M 7), *Chanson einer Dame im Schatten* (M 25) usw. Doch erst in der *Todesfuge* (M 37) unternimmt Celan den Versuch, die Sprache musikalischen Gesetzen unterzuordnen, und im Band *Sprachgitter* unterstellt er sogar einen ganzen Zyklus dem Begriff *Engführung* (Sp 55). Wenn auch ein Gedicht sich immer nur in der Abfolge von Wörtern und Sätzen entfalten kann und das für die Fuge typische Nebeneinander der Töne, die Polyphonie, von der Sprache nie erreicht wird, so ist der Ausdruck »Fuge« keineswegs nur ein poetisches Ornament. Verschiedene Motive wie das berühmte Oxymoron »Schwarze Milch der Frühe« (M 37), das Spiel des Mannes mit den Schlangen, das Schaufeln der Gräber in den Lüften, das goldene Haar Margaretes und – kontrapunktisch dazu – das aschene Haar Sulamiths klingen in immer neuen Variationen an, werden kunstvoll gegeneinander geführt und miteinander verschlungen. Fugisch kann man die Komposition der einzelnen Versgruppen nennen, der Rhythmus aber entspricht dem eines Tanzes. Der Mann in der *Todesfuge*, der die Grausamkeit der Machthaber verkörpert, befiehlt ja auch einer Gruppe von Juden, zum Tanz aufzuspielen, während die andern das Grab schaufeln. So entsteht ein gräßlicher Reigen, eine Art Totentanz:

»Er ruft spielt süßer den Tod der Tod ist ein Meister
aus Deutschland
er ruft streicht dunkler die Geigen dann steigt ihr als Rauch
in die Luft« (M 37)

Will man diese Verse metrisch analysieren, dann stößt man auf den Daktylus, dessen Senkungen zwar nicht immer streng eingehalten werden. Dieser Versfuß ist das Grundelement der Zeile, während ihre Länge frei variieren kann. Man darf somit beim frühen Celan wohl von freier Strophenform, nicht aber von freien Rhythmen sprechen, denn die daktylischen Zeilen dominieren in *Mohn und Gedächtnis* selbst dort, wo kein Totentanz beschworen wird. Die Verse der *Todesfuge* besitzen eine derartige Suggestionskraft, daß sich ihr düsterer Moll-Klang bei der Lektüre automatisch auf andere Gedichte überträgt. Die dunkel gestrichenen Geigen verstummen nie ganz.

In *Umsonst...* haben wir durchgehend daktylische Zeilen mit gelegentlich eingestreuten Trochäen; sie setzen, abgesehen von Zeile 9, mit einem Auftakt ein und enden mit unbetonter Silbe. Einzige Ausnahme bilden die beiden Zeilenschlüsse auf »Zeit«. In der ersten Strophe folgt auf die Hebung ein Semikolon. Die anschließende Zeile bezieht sich sinngemäß auf den »Herzog der Stille«, eine Pause ist durchaus angebracht und mag statt der unbetonten Silbe als Taktfüllung dienen. Die zweite Strophe dagegen schließt mit dem Wort »Zeit«. Als Schlußstein des Ganzen soll der Takt entsprechend hervorgehoben werden. Wie steht es nun mit den Trochäen innerhalb der Zeilen? Das erste Mal wird das daktylische Gleichmaß in Vers 4 unterbrochen mit den Takten:

4 »Sein / Banner hißt er im / Baum – ein Blatt, das ihm / ...«

Der klangvolle Doppelnasal und der Gedankenstrich sorgen dafür, daß wir diese Trochäen nicht als störend empfinden. Aber in der ersten Strophe achten wir auch noch weniger darauf als in der zweiten, wo Vers 9 mit einem betonten Auftakt beginnt. Das Wort »Gott« in Zeile 7, Betonungsträger eines Trochäus, erhält zu Recht ein besonderes Gewicht. Die Hebung hebt es wortwörtlich hervor. Doch in Vers 9 stoßen zwei Trochäen unschön aufeinander:

9 »einst, als in / Flammen das / Schloß stand, / als du / ...«

Der mitschöpferische Leser erwägt Möglichkeiten, wie die störende Zäsur zu vermeiden wäre. So könnte man zum Beispiel das »einst« wiederholen und in den vierten Takt einfügen. Das schiene sinnvoll, wenn es wirklich in der Absicht des Autors stünde, die Gleichzeitigkeit des Schloßbrandes und des Aussprechens von Menschenworten zu betonen. Das ist offenbar nicht der Fall, denn wir haben gesehen, daß Celan auf die zeitliche Differenzierung verzichtet und dadurch das Verständnis erschwert. Vielleicht verschiebt nun aber diese gewollte Zäsur die Gewichte doch ein wenig, indem nämlich das stark betonte und in einem Trochäus hervorgehobene »als« neben der temporalen Bedeutung eine leicht kausale Färbung annimmt. Lesen wir den Vers so: »einst, als in Flammen das Schloß stand, als [= weil] du sprachst wie die Menschen: Geliebte...«, dann ist es ohne Zweifel die Sprache der Menschen, die zum Verhängnis führt, dann zerbirst mit dem brennenden Schloß die wortlose Einheit der Liebenden. Wenn jedoch Celan diese Nuance eindeutig bevorzugt hätte, wäre es ein leichtes gewesen, »als« durch »weil« zu ersetzen. Er hat es nicht getan, und es bleibt bei der Vermutung, die Zäsur – wenn sie überhaupt bewußt gesetzt wurde – diene dazu, den letzten vier Takten vermehrtes Gewicht und eine kausale Schattierung zu verleihen.

Die Anzahl der Hebungen pro Zeile variiert zwischen zwei und sieben. Beide Strophen schließen mit einem Fünfheber. Die drei längsten Zeilen 8, 9 und 10 sind alle siebenhebig und erinnern in gewisser Hinsicht an den Hexameter. Alle Verse, nicht nur die Langzeilen, haben mit dem klassischen Versmaß die zweisilbige Senkung vor der letzten betonten Silbe gemeinsam; als regelrechte Hexameter können aber, sehen wir vom Auftakt ab, nur die Zeilen 4 und 7 bezeichnet werden. Sogar die Einschnitte wären, nach der Theorie Wolfgang Kaysers, richtig gewählt.[5] Diese daktylischen Langzeilen mit Hexameter-Schlüssen sind verantwortlich für den elegischen Grundton unserer Verse. Formal hat das Gedicht eine gewisse Ähnlichkeit mit den freirhythmischen Elegien Rilkes. Der elegische Grundton paßt ausgezeichnet zur melancholischen Vergeblichkeit des Herzenmalens, zur schmerzlichen Wehmut, die über dem Ganzen liegt. Er gibt dem Gedicht aber auch etwas märchenhaft Altertümliches. Wie eine ferne Sage klingt es herauf.

An die Technik der *Todesfuge* erinnert sodann die Wiederholung des Anfangsmotivs, aus dem in der zweiten Strophe ein neues Thema entwickelt wird. Es ist, als würde derselbe Kreis eine Stufe höher und mit einem größeren Radius noch einmal abgeschritten, bis uns die letzte Zeile mit dem echohaften »O Halm« und »o Blume der Zeit« wieder zur ersten Strophe zurückführt. Diese Kreis- oder Spiralenbewegung ist typisch für den Bau der frühen Gedichte Celans. Man hat das Gefühl, man komme immer wieder auf etwas schon Gesagtes zurück, was den reigenartigen Eindruck verstärkt. Die Verschränkung und wiederholte Abwandlung derselben Metaphern zeigt sich allerdings noch deutlicher im Winzer-Gedicht.

Der Wortschatz mutet sehr konventionell, fast spätromantisch an: »Herz«, »Schloß«, »Baum«, »Blatt«, »Soldaten«, »Banner«, »Schwerter«; »Gott«, »Scharen«, »Mantel«, »Treppe«, »Flammen«. Auffallend ist ein großer Vokalreichtum. Auch die übrigen Stilmittel, welche den Wohlklang steigern, sind romantischer Herkunft, etwa die Assonanzen-Kette »Herzen – Fenster – Herzog«, oder die fast übertriebene Folge von Alliterationen und Stabreimen: »Banner – Baum, Blatt – blaut«. Sie machen nicht allein den unverwechselbaren Celanschen Ton aus, so wenig wie die surrealistischer Technik verpflichteten Genitiv-Metaphern vom Typus »Herzog der Stille«, »Halme der Schwermut« und »Blumen der Zeit«. Charakteristisch scheinen eher die nahtlosen Übergänge von traditionellem Symbolgebrauch zu ureigensten Chiffren-Prägungen zu sein. Man wird eingelullt, fühlt sich bezaubert und merkt plötzlich, daß man den Boden unter den Füßen verloren hat, daß es mit dem musikalischen Genuß nicht getan ist. Die Reaktion gleicht derjenigen eines Träumers, der mitten im Traum aufschreckt und sich bewußt werden will, daß er »nur träume«, aber trotzdem nicht erwachen kann. Meisterhaft ist dieser Übergang am Anfang, in den Zeilen 1 bis 4. Schrittweise führt uns der Dichter vom Bekannten zum Unbekannten. Die Gebärde des Herzenmalens ist uns wohlvertraut, und auch in der Wendung »Herzog der Stille« wird das Abstrakte noch nach romantischer Art personifiziert, in der bekannten Technik der Genitiv-Metapher. Bereits bei »Schloßhof« und »Soldaten« wissen wir, daß wir die Wörter nicht als solche nehmen dürfen, daß wir es mit Chiffren zu tun haben. Und in der vierten Zeile wird die noch halbwegs vertraute

Szenerie Schlag auf Schlag verfremdet. Daß ein Banner als Blatt im Baum gehißt wird, ist ungewöhnlich, erst recht surreal wirkt das Blauen, zudem im Herbst, in der Jahreszeit des Vergilbens. Erst in dieser unscheinbaren Verbalform »blaut« verrät sich das wirkliche Können des Dichters. Jeder andere Lyriker hätte sich mit dem Hissen eines »blauen Blattes« zufriedengegeben. Wie ungleich stärker wirkt das Blau in der dynamischen Verbalform! Es strahlt über das ganze Gedicht und verändert das Gewicht jeder einzelnen Metapher. Betrachten wir die restlichen Verben, so merken wir, daß es durchwegs gebräuchliche und eher farblose Ausdrücke sind und daß keines so explizit metaphorisch eingesetzt wird wie »blauen«.

In solchen Feinheiten äußert sich die besondere Qualität unseres Gedichtes. Sie bürgen dafür, daß die konventionellen Bilder nicht abgegriffen wirken. Alle großen Lyriker zeichnen sich durch einen bestimmten Vorrat von Schlüsselwörtern aus. Die Kunst des Verbindens und Aussparens, die Behandlung der Füllung zwischen den Kernsymbolen entscheidet darüber, ob das Versgebilde epigonal oder ursprünglich wirkt. Die Erneuerung der lyrischen Sprache hängt weniger von der Modernisierung des Wortschatzes als vom Grad der Verzweiflung ab, zu der ein Dichter fähig ist. Man mag bedauern, daß Celans Sprache in späteren Gedichtbänden einer Entzauberung zum Opfer fällt, darf aber keinesfalls die frühe Musikalität und den Bilderreichtum gegen den trümmerhaften, auf das Nötigste reduzierten Spätstil ausspielen, wie das etwa von lyrischen Asketen getan wird, die totale Sprachskepsis früher am Werk sehen möchten, als sie beim Dichter ausgebrochen ist. Das elegische Frühwerk Celans zeigt uns die Fülle, welche die spätere Kargheit erlaubt.

3 Die Ernte

»Das Gedicht kann, da es ja eine Erscheinungsform der Sprache und damit seinem Wesen nach dialogisch ist, eine Flaschenpost sein, aufgegeben in dem – gewiß nicht immer hoffnungsstarken – Glauben, sie könnte irgendwo und irgendwann an Land gespült werden, an Herzland vielleicht.« (Br 128)

Die Winzer

Für Nani und Klaus Demus

Sie herbsten den Wein ihrer Augen,
sie keltern alles Geweinte, auch dieses:
so will es die Nacht,
die Nacht, an die sie gelehnt sind, die Mauer,
so forderts der Stein,
der Stein, über den ihr Krückstock dahinspricht
ins Schweigen der Antwort –
ihr Krückstock, der einmal,
einmal im Herbst,
wenn das Jahr zum Tod schwillt, als Traube,
der einmal durchs Stumme hindurchspricht, hinab
in den Schacht des Erdachten.

Sie herbsten, sie keltern den Wein,
sie pressen die Zeit wie ihr Auge,
sie kellern das Sickernde ein, das Geweinte,
im Sonnengrab, das sie rüsten
mit nachtstarker Hand:
auf daß ein Mund danach dürste, später –
ein Spätmund, ähnlich dem ihren:
Blindem entgegengekrümmt und gelähmt –
ein Mund, zu dem der Trunk aus der Tiefe emporschäumt, indes

der Himmel hinabsteigt ins wächserne Meer,
um fernher als Lichtstumpf zu leuchten,
wenn endlich die Lippe sich feuchtet. (S 64)

Das Winzer-Gedicht, das den Freunden Nani und Klaus Demus gewidmet ist, steht nicht zufällig am Ende des dritten Gedichtbandes *Von Schwelle zu Schwelle.* Es bezeichnet eine Schwelle im Werk, die der Dichter erreicht hat und überschreiten wird. Die Summe der bisherigen Erfahrungen wird gezogen. In einer Klarheit und Eindeutigkeit, wie sie sonst in der Lyrik Celans selten ist, gibt der Autor Auskunft über den dichterischen Prozeß und über die Wirkung, die er sich von seiner Kunst erhofft. Obwohl er auch hier weit entfernt ist von einer programmatischen Äußerung, darf man diese Elegie als eines der Schlüsselgedichte der frühen Periode bezeichnen. Die Strophen verstehen sich fast von selbst, wenn wir das bisherige Werk aufmerksam genug gelesen haben. Stellvertretend für diese Lektüre war die ausführliche Beschäftigung mit *Umsonst...* Das Winzer-Gedicht erhellt, blättern wir zurück, manche dunkle Stelle, ohne freilich die andern Gedichte zu konkurrenzieren oder gar aufzuheben. Die Aggressivität, die wir da und dort noch in Rüstungs- und Kampf-Metaphern angetroffen haben, ist der ruhigen Gewißheit gewichen, daß sich das Gesetz der *Corona* (M 33) erfüllt, daß es, so sicher wie die Jahreszeiten wiederkehren, einen schöpferischen Kreislauf mit fruchtbaren und dürren Zeiten gibt. Diese Gewißheit kann nicht darüber hinwegtäuschen, daß die Augenblicke des Gelingens selten und kostbar sind und daß die Suche nach dem erschwiegenen Wort mühsam und beschwerlich bleibt. Ein Zeichen für den Grad von Vollendung gerade dieses Gedichtes ist, wie wenig von der Mühsal zu spüren ist.
Die »Winzer« sind wie der sprechende Dichter in *Corona* Freunde des Herbstes. In dieser Berufsbezeichnung ist alles vereinigt, was wir über den herbstlichen Menschen gesagt haben. In den Winzern sieht Celan nicht nur sein eigenes Tun verkörpert, sondern die Aufgabe der Dichter aller Epochen und Kulturen. Sie nehmen es auf sich, den Schmerz zu keltern, von dem sie stärker betroffen sind als andere Menschen. Nimmt man das Bild genau, müßte man sogar sagen: Sie legen Kulturen der Trauer und Schwermut an. Die Tränen werden gezüchtet, sie fließen ihnen bereits als »Wein« aus den Augen. Darin ist vielleicht noch die Gefahr des romantischen Dichters angedeutet, der sich im Genuß seiner Melancholie betäubt. Die Tränen und der Schmerz erscheinen als kostbare Essenz, die es zu bewahren und weiterzureichen gilt. Sonst trifft die Winzer der Vorwurf aus dem Gedicht *Nachts...*

> »Verschluchzt in leeren Zelten ist das Wunder,
> vereist das Krüglein Traums – was tuts?« (M 8)

Auch an jener Stelle, wo Celan von der Schwermut sagt: »blumig finstert sie hoch, eh sie trinken, als wär sie nicht Wasser« (M 17), erteilt der Dichter eine deutliche Absage an den narzißtischen Selbstgenuß. Die Trinkenden bilden sich bloß ein, sie hätten Wein auf der Zunge, dieweil sie in Wirklichkeit Wasser schlürfen. Sie stehen noch nicht auf der Stufe der Winzer, sie spiegeln sich noch in den Klingen der Schwerter: »Hier aber wird nur gebangt um den Schimmer des Eisens« (M 17). Sie sind noch Freunde des Sommers, der Waffen und Schlachten und weit entfernt von der herbstlichen Reife. Die Pflicht der Winzer ist es, den »Wein ihrer Augen« im Herbst in einen Trunk zu verwandeln, von dem andere Menschen kosten können. Der Herbst ist die zeitlose Zeit des Gedächtnisses, da ist der Himmel eine »große Herbstzeitlose« (M 24). Wir haben bereits vom Janusgesicht dieser Jahreszeit gesprochen im Zusammenhang mit der Fruchtbarkeit des Herzogs der Stille. Im Herbst wird geerntet, was der Sommer an Früchten reifen ließ, aber es wird auch eingebracht aus Angst vor der Erstarrung im Winter. Dem Leben und dem Tod wird der Augenwein abgerungen. Raffiniert ist die Doppelbedeutung des Verbums »herbsten«. Die Winzer ernten nicht nur – das wäre der konventionelle Sinn von »herbsten« = »Weinlese halten« –, sie müssen den Wein auch herbstlich werden lassen, zur Ernte vorbereiten. Was damit gemeint ist, stellt die erste Strophe von *Umsonst...* dar. Während des Kelterns wird das private Erlebnis des Dichters zu einer allgemeingültigen Essenz verdichtet und geläutert. Auf das Private spielt der Schluß von Zeile 2 an: »auch dieses«. Celan meint ein ganz konkretes, besonders schmerzliches Ereignis, das ihn mit den Adressaten des Gedichtes, mit den Freunden Nani und Klaus Demus verbindet. Da wir es nicht kennen, können wir nicht daran teilhaben. Ein meisterlicher Kunstgriff, um uns vor Augen zu führen, daß das Private, solange es nicht in die Gedicht-Sprache transponiert worden ist, für den Außenstehenden keine Verbindlichkeit gewinnt. Wie »alles Geweinte« muß »auch dieses« zuerst gekeltert und gelagert werden, damit der Gärungsprozeß einsetzen kann. Steht die Wendung nicht auch syntaktisch etwas verloren da: ein nachgestelltes, obendrein sächliches Demonstrativ-Pronomen im Anschluß an zwei Zeilen von solcher Plastizität?
Die Winzer handeln nun freilich nicht aus eigenem Antrieb so, sie gehorchen der Forderung der »Nacht«, an die sie gelehnt sind wie an eine »Mauer«, und der Forderung des »Steins«. Hier begegnen wir auf engstem Raum zwei Schlüsselwörtern Celans. Die Nacht, als Steinmauer gesehen, erinnert uns an die erschütternde Stelle aus einem Brief Georg Trakls an Ludwig von Ficker, wo er schreibt: »Sagen Sie mir, daß ich

nicht irre bin. Es ist steinernes Dunkel hereingebrochen.«[1] Auch in Trakls Gedichten taucht immer wieder das Bild des steinernen Schmerzes auf: »Schmerz versteinerte die Schwelle.«[2] Steinern bei Celan ist zunächst wie in Trakls Werk der äußerste, an Wahnsinn grenzende Schmerz. Häufig bringt er das Tränen-Motiv in Verbindung mit dem Stein. »Mitsamt meinen Steinen, / den großgeweinten / hinter den Gittern« (S 55) heißt es in *Schibboleth.* Nach Firges verkörpert die Chiffre des Steins die Träne auf der Stufe des Vergessens.[3] Dem widerspricht, so scheint mir, die materielle Aufdringlichkeit dieses Zeichens. Zu Steinen verwandelte Tränen mahnen doch eher an den Schmerz, als daß sie ihn vergessen lassen. Die Versteinerung ist vielmehr eine Dimension der Schmerzerfahrung. Wenn in einer Küstenlandschaft geweinte Steine das Meer säumen wie im Gedicht *In Gestalt eines Ebers* (S 22), dann hat der Schmerz das tragbare, persönliche Maß überschritten. Um nicht selber zu versteinern, tastet der Dichter die Kruste ab nach neuem Leben, das sich zum Beispiel in *Corona* ankündigt: »Es ist Zeit, daß der Stein sich zu blühen bequemt« (M 33). Dieses überpersönliche Leid kann nur im Schicksal des jüdischen Volkes begründet sein, das dem Dichter wie Steinkugeln an die Füße geschmiedet ist. Wo immer in Andeutungen – mehr gibt Celan nie preis – von der schrecklichen Zeit gesprochen wird, stoßen wir auf die Härte des Steins. Da sind die Steinfliesen aus dem *Gespräch im Gebirg*, auf denen der Dichter neben seinen Geschwisterkindern lag, ohne sie lieben zu können. Sie kehren wieder im Gedicht *Sprachgitter*; auf ihnen sind die letzten Spuren getilgten Menschenlebens zu sehen: »... die beiden / herzgrauen Lachen: / zwei / Mundvoll Schweigen.« (Sp 28) Steinblau ist die Farbe der Stadt, wo der Dichter »geschleift ward gen Süden« (M 14). Zwischen Steine gebettet liegt er in »Der Reisekamerad«, begleitet einzig vom Wort, das er seiner »Mutter Mündel« (M 64) nennt. Dem Stein zu Ehren trägt er das »Totenhemd« (M 51), und schließlich wird sogar das Leben selbst mit Steinen verglichen, die über eine Geröllhalde rollen:

»Neben mir lebst du, gleich mir:
als ein Stein
in der eingesunkenen Wange der Nacht.

O diese Halde, Geliebte,
wo wir pausenlos rollen,
wir Steine,
von Rinnsal zu Rinnsal.
Runder von Mal zu Mal.
Ähnlicher. Fremder.« (S 42)

Wer hätte bei diesen Strophen nicht die Verse aus *Hyperions Schicksalslied* von Hölderlin im Ohr: »Es schwinden, es fallen / Die leidenden Menschen / Blindlings von einer / Stunde zur andern, / Wie Wasser von Klippe / Zu Klippe geworfen, / Jahrlang ins Ungewisse hinab.« Mit dieser Identifikation wird das Leben zum wertlosesten aller Gegenstände degradiert, eine Steinzeit ist angebrochen, in der es kein Atmen, kein Wachstum mehr gibt, in der die Liebenden gleichsam lebendig begraben liegen. Nicht nur gesteinigt sind sie, sondern wahrhaft versteinert, zwei rollende Klumpen Schmerz in den Abwässern der Menschheit. Zur Geröllhalde ist das Leben ringsum erstarrt, zur Kruste geworden sind Gefühle und Erinnerungen, zentnerschwer drückt die Last des Daseins auf die schmalen Schultern dessen, der nach der Katastrophe weiterzuleben verurteilt war. Ewige Finsternis waltet, als wäre die Schöpfung rückgängig gemacht worden, als wäre das Licht dem chaotischen Dunkel gewichen. In diesem Sinne haben wir hier die steinerne Nacht zu verstehen, und nicht etwa als Weltinnenraum des Gemüts. Der Dichter ist, wie er an einer Stelle bekennt, »ein Fleisch mit der Nacht« (Sp 29), so wie er sich als ein Fleisch mit dem Stein fühlt. »Stein« und »Nacht« sind in unserem Kontext Synonyme. Die Verbindung der beiden Chiffren erfolgt durch das Zwischenglied »Mauer« am Ende von Zeile 4. So erscheint die Nacht als ein immenser Kerker, und wie man sich einerseits an das Dunkel lehnen kann, birgt anderseits der Stein bodenlose Finsternis. Als seien es lauter Grabplatten, denkt sich Celan die steinerne Oberfläche der Welt, wenn er sagt: »Welchen der Steine du hebst – / du entblößt, / die des Schutzes der Steine bedürfen« (S 53).
Indessen haben wir die Forderung des Steins auch noch anders zu verstehen. Steinern im Sinne von unzugänglich, fremd ist für den jüdischen Dichter, wie das *Gespräch im Gebirg* gezeigt hat, die Welt schlechthin. Keinen Boden nennt er sein eigen, keine Heimat. Von der Zwiesprache der Natur fühlt er sich ausgeschlossen. Sie antwortet ihm auf sein Befragen mit eisigem Schweigen. Die Materie wird ihm zum Nichts, zur Ungestalt. Um so härtnäckiger versucht er, aus der Kruste blühendes Leben zu schlagen, eine Schöpfung aus dem Nichts hervorzubringen. Die Verwandlung des Steins ist eine Metamorphose, die eine große Tradition in der jüdischen Mystik hat. Martin Buber zitiert in seiner Schrift *Vom Leben der Chassidim* die Sätze: »Der Funke in einem Stein oder Gewächs oder einer andern Kreatur ist wie eine völlige Gestalt, die in der Mitte des Dinges wie in einem Block sitzt, daß Hände und Füße sich nicht strecken können und der Kopf auf den Knien liegt.«[5] Diese Funken, die nach der Legende gefallen sind, als

Gott die Welt erschuf, soll der Mensch nach den Worten des Baalschem-tow emporläutern von »Gestein zu Gewächs, von Gewächs zu Getier, von Getier zu redendem Wesen.«[6] Das Ziel dieser Läuterung ist die Erlösung zur reinen, göttlichen Gestalt. Sie geschieht in der religiösen Ekstase. Für den Dichter kann sie sich nur in der Sprache vollziehen. Bei der jüdischen Lyrikerin Nelly Sachs heißt das Schlüsselwort für die tote Kreatur »Staub«. Ihr Weg ist wörtlich die »Fahrt ins Staublose«[7], wie sie eine Gedichtsammlung überschreibt. Die Forderung des Steins und der Nacht ist somit ein Aufruf zur Gestaltung, und das »Hörstdu« aus dem *Gespräch im Gebirg* wäre auch so zu verstehen: Hörst du diesen Aufruf? Der Stein, so steht dort zu lesen, spricht, weil niemand ihn hört, niemand und Niemand. Es gilt also, niemand zu sein, um Niemand zu werden, die Nichtigkeit der Existenz bis zum Gefühl des Todes auszukosten, um die Macht des Niemand, des Schöpfers zu erreichen. Was heißt das aber für den einzelnen Dichter? Jedem schöpferischen Akt, jedem neuen Daseinsentwurf geht eine Identitätskrise voraus. Die meisten Menschen erfahren das innere Absterben nur einmal, in der Pubertät. Später nehmen sie fest umrissene Gestalt an und sind erstaunt, daß sie einmal das Bedürfnis hatten, Verse zu machen. Das Leben des Künstlers ist eine wechselnde Folge von Toden und Neugeburten. Alte Empfindungen vermodern, Denkschablonen werden verworfen, einmal gefundene Formen zerbrechen. Für keinen, der diese Krise durchmacht, ist sie ungefährlich, niemals wird sie zum Routineakt. Die Möglichkeit des totalen Zusammenbruchs ist nie ganz ausgeschlossen. Der sterbende Dichter ist nackter als nackt, keine erbrachte Leistung gibt ihm Selbstsicherheit. Sein Ich wird eingeschmolzen im Zweifel, der alles Bisherige radikal in Frage stellt. Er fühlt sich unfruchtbar und dürr, arm und nichtswürdig. Er wird zum Bettler in der Welt.

Doch die Selbstvernichtung ist die unabdingbare Voraussetzung für einen neuen Daseinsentwurf. Celan spielt auf diese Armut und Gebrechlichkeit an, wenn er uns die Winzer als Invalide zeigt. Damit wird das Stock-Motiv aus dem *Gespräch im Gebirg* vorweggenommen. Wir haben bereits angedeutet, daß der Stock das sichtbare Zeichen der langen Wanderschaft sei. Ihm allein eignet die Fähigkeit, den Stein zum Sprechen zu bringen. Er wurde dem Mundwerk gegenübergestellt, das keine Worte hervorbrachte, die das versteinerte Rätsel der Welt zu lösen vermochten. Dadurch, daß der Stock – ein Gegenstand – die Sprache der Dinge und somit des Schöpfers erschließen kann, der Mensch aber nicht, wird uns der Jude in seiner ganzen Nichtigkeit, zu der ihn die jüngste Geschichte gestempelt hat, vor Augen geführt. Der Stock ist aber auch, und das wird im Gedicht noch deutlicher als im Prosatext, das Werkzeug, das Instrument des Dichters. Im Verhältnis Mensch/Stock spiegelt sich die Beziehung des Autors zu seiner Sprache. Von daher wird das Bild der Krücke verständlich: die invaliden Winzer sind ihr ausgeliefert. Ein Durchschreiten des Lebens ist nur möglich mit ihrer Hilfe. Im Gedicht ... *Rauscht der Brunnen* ruft Celan seine Worte an: »Ihr meine mit mir ver- / krüppelnden Worte, ihr / meine geraden.« (N 35) Und nach zwei weiteren kurzen Strophen kommt er sogar ausdrücklich auf die Krücke zurück: »Krücke du, Schwinge. Wir – –«. Da ist bereits der Durchbruch angedeutet, der sich im Herbst vollzieht. Der Dichter empfindet das Gebundensein an die Sprache als krüppelhafte Existenz, doch kann das Wunder geschehen, daß die Krücke zur Schwinge wird, daß er sich mit Hilfe seiner Worte von der Erde abstößt. Die riesige Spannweite zwischen Krücke und Schwinge entspricht dem Unterschied zwischen dem dahergeredeten und dem erschwiegenen Wort im Winzer-Gedicht. Die Sprache gleitet über die Dinge hinweg, ohne sie zum Leben zu erwecken. Das ist das Fazit der Zeilen 6 und 7. Der Krückstock spricht dahin, nicht hindurch. Die Antwort ist ein Schweigen, wie auch die Antwort des Steins auf der Gebirgswanderung ein Schweigen gewesen wäre, hätten es die Juden nicht zerredet. Konnte der romantische Dichter noch hoffen, das Zauberwort zu treffen und mit ihm das Lied zu wecken, das in allen Dingen schläft, so setzt Celan dieser Musik das tödliche Schweigen gegenüber.

Bis hierher folgt das Gedicht, was die Thematik des Sprachproblems betrifft, ziemlich eng dem *Gespräch im Gebirg*. Doch nun ist der seltene Augenblick erreicht, da der Stock gleichsam sein »Sesam, öffne dich!« spricht. Der Umschwung wird angekündigt im Gedankenstrich zwischen den Versen 7 und 8. Im Prosatext bricht der Stock die steinerne Kruste an jener Stelle auf, wo es dem Juden möglich wird, von der Vergangenheit zu sprechen. Celan sagt es fast beiläufig und erst im Nachgreifen: »... und mein Stock, der hat gesprochen zum Stein, und mein Stock, der schweigt jetzt still ...« (G 120–121). Er legt nicht so großen Wert auf die Metapher wie hier im Winzer-Gedicht, wo die Seltenheit des Augenblicks mit dem dreimal wiederholten »einmal« hervorgehoben wird. Nur einmal, im Herbst, spricht der Stock durchs Stumme hindurch und hinab »in den Schacht des Erdachten«. Celan faßt die Zwiespältigkeit des Herbstes in einer treffenden Zeile zusammen. Der Durchbruch gelingt, »wenn das Jahr zum Tod schwillt, als Traube«. Der Ausdruck »zum Tod schwellen« vereinigt den paradoxen Gegensatz von »reifen« und »verfaulen«. Erst als nachhinkende Apposition fügt Celan das Bild der Traube bei, damit man an den Vorgang des Kelterns erinnert wird und wohl auch, um das Gewicht des Todes in der Waagschale dieser Zeile nicht zu groß werden zu lassen. Der Tod des Jahres ist das Absterben der Zeitfrucht. Wir haben diesen Tod mit der Angst des Dichters in Verbindung gebracht, er vermöge die Ernte nicht einzubringen, sie falle dem Vergessen anheim. Doch gilt es, noch einen weiteren Aspekt zu berücksichtigen. Sowohl die Halme der Schwermut und die Blumen der Zeit in *Umsonst...* als auch die Zeitnüsse in *Corona* sterben einen notwendigen Tod. Die Zeit wird, laut Zeile 14, gepreßt wie die Augen. Nicht alles, was die Augen wahrgenommen haben, ist auch wert, gekeltert zu werden. Übrig bleibt der Saft der Traube, die Häute sterben ab. In *Corona* sind es die Nußschalen. Das Erlebnis muß aus seiner zeitlichen Vergänglichkeit befreit werden. Im Gedächtnis fällt die Dimension der Zeit dahin. Es gibt weder Vergangenheit noch Zukunft, alles ist unmittelbare Gegenwart.

Angesprochen wird das Gedächtnis in der letzten Zeile der ersten Strophe. Der Krückstock, der wie der Stock eines Blinden über die steinerne Oberfläche hinwegtastete, bricht die Stummheit auf und dringt in den Schacht des Erdachten vor. Wenn wir uns streng an die Vorstellung halten, in den Krücken sehe der Dichter seine Sprache, mit deren Hilfe er durch die Welt humple, dann wäre nun im Herbst, der Jahreszeit dichterischer Ernte und Gestaltung, die Zeit erreicht, wo sich die Worte mit dem Erdachten, mit dem im Gedächtnis Gewachsenen dekken würden. Das Verbum »erdenken« heißt »erfinden«, »ausdenken«. Doch erinnern wir uns auch an die Stelle aus dem *Gespräch im Gebirg*, wo ausdrücklich gesagt wird, daß die Erde nicht für die Juden »gedacht« sei und daß die Sprache der Schöpfung kein Ich und kein Du, sondern lauter Er, lauter Es und lauter Sie enthalte. Nun aber, da auch das Schweigen Gottes durchbrochen wird, erreicht das Du den Dichter. Er nimmt an der Schöpfung teil, fühlt sich nicht mehr ausgeklammert von ihr, weil er selber zum Schöpfer seiner kleinen Gedicht-Welt geworden ist. Diese beiden Bedeutungen gehen ineinander über. Den Dichter Paul Celan betrifft, daß im Herbst, in jener Jahreszeit, die Tod und Neugeburt verheißt, die Haltung des Verstummens aufgegeben wird, weil es dem Wort glückt, ins Gedächtnis vorzustoßen. Unter Gedächtnis verstehen wir dabei weniger das intellektuelle Bewußtsein als vielmehr jenen Ort, den Max Frisch in seiner Erzählung *Bin oder die Reise nach Peking* definiert hat: »Wenn wir nicht wissen, wie die Dinge des Lebens zusammenhängen, so sagen wir immer: zuerst, dann, später. Der Ort im Kalender! Ein anderes wäre natürlich der Ort in unserem Herzen, und dort können Dinge, die Jahrtausende auseinanderliegen, zusammengehören, sich gar am nächsten sein, während vielleicht ein Gestern und Heute, ja sogar die Ereignisse eines gleichen Atemzuges einander nie begegnen.[8] Diese Sätze treffen insofern auf das Celansche Gedächtnis zu, als sie veranschaulichen, wie wenig es dem Dichter auf die Dimension der Zeit ankommt, wenn sich das Dauerhafte vom Vergänglichen scheidet in der Schatztruhe des Gemüts. Im Schacht des Erdachten ballt sich zusammen, was tatsächlich Jahrzehnte auseinander liegen kann.[9] Für den Juden Celan aber ist entscheidend, daß das steinerne Dunkel durchbrochen und der versteinerte Schmerz in der Gestaltung erlöst wird. Der Schacht des Erdachten wird somit auch zum Totengedächtnis. Das Erdachte ist der neue Daseinsentwurf in nuce, ist, nach Bubers Worten, die im Steinblock verborgene Gestalt, die der Befreiung harrt, der göttliche Funke. Nur derjenige kann der Tragödie Worte verleihen, der fähig ist, das ganze Leid am eigenen Leib zu erfahren, sozusagen die Verkrüppelung eines ganzen Volkes auf sich zu nehmen. Das Labyrinth in der eigenen Brust ist zu tief eingegraben, als daß es sich mit brillanten Wortkombinationen erschließen ließe. »Je nach dem Blut, das dir quillt / aus Aug oder Mund oder Ohr« (S 36), wechselt der Schlüssel, mit dem der Dichter das Haus aufschließt, in dem der »Schnee des Verschwiegenen« treibt. So heißt es im Gedicht *Mit wechselndem Schlüssel,* auf das wir noch zurückkommen werden. In knappster Form wird hier das Ausmaß des Betroffenseins erwogen. Blut quillt dem Dichter aus den Sinnesorganen, derart intensiv und schmerzlich ist die Wahrnehmung. Das Pressen der Augen kommt auch einem Verbluten gleich. Das ist der Preis, den der Dichter zu zahlen hat, wenn der Anspruch an seine Dichtung so hoch ist wie im Falle Celans. Doch der Schlüssel für das Verschwiegene wird im Herbst gefunden, der Schnee ballt sich um die Worte, das Erdachte läßt sich ausloten.

Die zweite Strophe gleicht ihrer formalen Struktur nach der zweiten Strophe aus *Umsonst…*, indem sie bereits bekannte Motive aufnimmt und in freier Variation erweitert. Die Anapher »Sie herbsten« führt uns zunächst wieder an den Anfang zurück, ebenso die Schlußzeile, wo die Lippen sich feuchten – eine entfernte Assoziation zum Feuchtwerden der Augen in Vers 1. Wir haben im letzten Kapitel das Bild einer Spiralenbewegung gebraucht, in dem Sinne, daß jeder neue Kreis eine Stufe höher oder tiefer auf etwas Bekanntes zurückkomme. Dieser Vergleich kann nur ungenau verallgemeinern, was wir im einzelnen darlegen müssen. Wir wollen zu diesem Zweck die beiden Strophen daraufhin untersuchen, wie der Dichter von einer Metapher zur nächsten gelangt.

Das Versmaß ist dasselbe geblieben; daktylische, mit Trochäen durchsetzte Zeilen bestimmen den elegischen Ton. Aber die Verse sind enger miteinander verknüpft als in *Umsonst*... Sie werden nicht nur additiv aneinandergereiht, sondern kunstvoll auseinander entwickelt. Beim Lesen schreiten wir nicht fort, vielmehr tanzen wir einen Walzer, machen gleichsam immer zwei Schritte vorwärts und einen zurück. Der großen Kreisbewegung, mit der wir in der zweiten Strophe wieder an den Anfang des Gedichtes zurückgeführt werden, entsprechen die zahlreichen Rückgriffe innerhalb der einzelnen Verse. Die Metaphern werden, sei es anaphorisch, sei es assoziativ, miteinander verschränkt. Bereits darauf hingewiesen haben wir, wie das »Geweinte« in Zeile 2 klangassoziativ aus dem »Wein ihrer Augen« hervorgeht, will sagen, nachträglich die Metapher des ersten Verses erhellt, denn bildlich ist ja doch wohl der Augenwein aufzufassen, nicht das Geweinte. Auch im Verb »keltern« wird die Tätigkeit des ersten Verses synonymisch wieder aufgenommen, doch gleichzeitig um eine entscheidende Nuance erweitert, denn erst mit dem Keltern beginnt ja der Verwandlungsprozeß. Freilich wären wir ohne diesen Hinweis kaum in der Lage, den Ausdruck »herbsten« in seiner ursprünglichen Bedeutung zu erfassen. Ferner ist dann das »kellern« in Vers 15 wieder sehr eng an »keltern« angelehnt. Einmal arbeitet Celan also mit Sinnassoziation, das andere Mal mit Klangverwandtschaft. Dieses Beispiel zeigt sehr schön die Wechselbeziehung unter den Chiffren. Die eine trägt zum Verständnis der andern bei, eine ist das Echo der andern. Noch deutlicher kommt die Verzahnung in den Zeilenanfängen zum Ausdruck. Beachten wir nur, wie häufig Celan eine wichtige Chiffre wiederholt: »Nacht«, »Stein«, »Krückstock«! Zwischen »Nacht« und »Stein« steht das Bindeglied »Mauer«. Bei diesen Wiederholungen wird förmlich spürbar, wie er den Schritt zurück macht, um von neuem anzusetzen. Etwas Stockendes kommt in den so leicht dahinplätschernden Rhythmus, als wolle der Dichter die Muhsal des Ringens um eine Antwort aus dem Stein andeuten. Einen Höhepunkt erreicht die erste Strophe dank dieser Technik gegen Ende, wo dreimal die Einmaligkeit des Durchbruchs betont wird. Es ist, als halte Celan bei diesem »einmal« einen Augenblick inne, selber erstaunt darüber, daß der Stein sich öffnet. Nach »hindurchspricht« setzt er eine kleine Zäsur, bevor das Lesetempo wieder schneller wird, nicht zuletzt dank dem Enjambement »... hinab / in den Schacht des Erdachten«. Dieser Einschnitt kurz vor dem Ende des elften Verses hat indes noch eine andere Ursache. Betrachten wir das Wortmaterial von Zeile 8 bis und mit Zeile 11, so fällt auf, daß Celan verhältnismäßig wenig neue Chiffren einführt. Einzig das zum Tod schwellende Jahr ist als Bild bis dahin noch nicht vorgekommen, wird aber durch die Apposition »als Traube« sofort mit dem Keltern in Beziehung gebracht. Sonst haben wir lauter Wiederholungen und Variationen. Das »Stumme« ist ein Synonym zu »Schweigen« in Vers 7, das Hindurchsprechen steht im Gegensatz zum Dahinsprechen. Erst nach der Zäsur folgt, überraschend, zusammengeschweißt durch die Assonanzenkette »hinab – Schacht – Erdachtes«, eine selbständige Metapher, die isoliert dasteht und keinen einzigen Stützpunkt in der ganzen Strophe hat. Gerade dadurch wird aber die Einmaligkeit des Vorgangs nochmals betont. Ein Effekt, der am besten mit einem Sechszeiler Celans aus der Sammlung *Atemwende* illustriert werden kann:

»EIN DRÖHNEN: es ist
die Wahrheit selbst
unter die Menschen
getreten
mitten ins
Metapherngestöber.« (A 85)

Die Wahrheit – das ist in unserem Fall der Durchbruch zum Gedächtnis. Der »Schacht des Erdachten« – wiederum eine Genitivmetapher, in der das Abstrakte konkretisiert wird – ist ein so unerwartetes Bild, daß uns buchstäblich der Boden des Gedichtes unter den Füßen weggezogen wird. Aber gerade auf diese Überraschung kommt es Celan an, weil ja der Augenblick, da das im Gedächtnis Verschwiegene sich um die Worte ballt, nicht vorausberechenbar ist.

Die zweite Strophe ist etwas lockerer gefügt als die erste. Zwar haben wir noch zu Beginn die drei anaphorischen Zeilenanfänge »Sie herbsten«, »sie pressen«, »sie kellern«, sodann die Verschmelzung von »Mund« und »später« zu »Spätmund« und die Wiederholung der Chiffre »Mund« in Vers 21; aber die großen Bewegungen, mit denen die erste Strophe gleichsam herübergeholt wird, dominieren. Der Vorgang des Kelterns wird noch einmal gezeigt, doch mit besonderem Gewicht auf dem Einkellern, dem Lagern, das nun ins Zentrum rückt. Die gepreßte Zeit ist eine Steigerung des zum Tod schwellenden Jahres. In »kellern« und in »Sonnengrab« klingt der tiefe Schacht an. Die Nacht sieht ihre Forderung erfüllt, denn die Hände der Winzer sind »nachtstark« geworden. Das Trank-Motiv kehrt wieder, und die Gebrechlichkeit der Winzer überträgt sich auf den Wein, nach dem der »Spätmund« dürstet. Bis und mit Vers 17 erfahren wir im Grunde nichts Neues, und es wiederholt sich im Ganzen die Struktur der ersten Strophe. Ja sogar dieselbe Verdichtung und Stauung können wir beobachten, indem ähnlich wie das Wort »einmal« hier die Chiffre »Mund« ein zweites Mal aufgenommen wird. Vers 21 hat dieselbe Funktion wie Vers 11 und dementsprechend auch die gleiche Form: am Ende leitet die Konjunktion »indes« das Enjambement ein. Auch hier bereitet uns eine kleine Zäsur auf das Unerhörte vor, das folgen wird. Celan gestaltet die Schlußvision analog zum letzten Bild der ersten Strophe: dort dringt der Stock hinab in den Schacht, hier steigt der »Himmel« hinab »ins wächserne Meer«. Wiederum folgt auf die Zäsur ein völlig unerwartetes Bild, nur ist es diesmal ein ganzer Metaphernkomplex statt einer einzelnen Genitivkonstruktion.

So ist die Struktur des ganzen Gedichtes in der Strophe vorgebildet. Es besteht kein Zweifel, daß wir in diesen Kreisbewegungen und Wiederholungen einem Phänomen lyrischer Sprache begegnen, das Emil Staiger in seinen *Grundbegriffen der Poetik*, im zweiten Abschnitt des Kapitels ›Lyrischer Stil: Erinnerung‹, neu entdeckt und sehr einleuchtend dargestellt hat: »Das Lyrische [...] verdichtet sich immer, wo einzelne Wörter oder Wortgruppen wiederholt sind [...] Der Sinn ist derselbe wie beim Kehrreim. Das ›punktuelle Zünden der Welt‹ wiederholt sich; der angeschlagenen Saite lauscht der Dichter noch einmal nach.«[10] Takt, Kehrreim, Endreim, Assonanzen und Alliterationen sind in der älteren Lyrik die ausgeprägtesten Stilmittel, mit denen die einmalige Stimmung stetig erneuert wird. Celan ist wie jeder echte lyrische Geist auf diese Erneuerung angewiesen. Zwar verzichtet er meistens auf den Endreim, dafür setzt er um so häufiger die anaphorische, klang- und sinnassoziative Wiederholung ein, so daß wir ständig um den imaginären Mittelpunkt des Gedichtes kreisen. Denn das »punktuelle Zünden der Welt« ist gerade das zentrale Thema der Winzer-Elegie. Das erste Mal erfährt es der Dichter, als sein Stock durchs Stumme hindurchspricht und ihm der gesamte Welt-Schmerz zu wenigen Wortkristallen zusammenschießt; das zweite Mal der Spätmund beim Genuß des Weines, wenn der Himmel hinabsteigt und als Kerzenflamme zu leuchten beginnt. Sowohl im lyrischen Subjekt als auch im verstehenden Leser springt der zündende Funke; der eine gestaltet seine Welt, der andere erkennt sie im Genuß des Kunstwerks. Wie sich Celan diese Übertragung vorstellt, zeigt die zweite Strophe.

Weinnamen wie »Sonnenglut« verraten, daß sich die Weinproduzenten gerne vorstellen, sie könnten im Wein die Sonnenkraft speichern, die während des Jahres den Trauben zugute gekommen ist. Celan bedient sich dieser volkstümlichen Anschauung, um den Verwandlungsprozeß vom Erlebnis zum Gedicht darzustellen. Der Schmerz, der als Saft zuerst einmal gewonnen werden mußte, wird nun eingekellert und zur

Gärung gebracht, damit aus Sonnenglut Sonnengeist werden kann. Es mag befremden, daß Celan nun mit dem Licht operiert, nachdem bisher immer von Tränen und Nacht die Rede war. Doch diese Chiffren schließen einander nicht aus. Das Sonnenlicht gehört zum Sommer, zur vergänglichen Zeit, zum Bereich des unausgereiften Erlebens. Das heißt noch nicht, daß diese Erlebnisse glücklich verlaufen seien. Die Sonne bringt die Jahrestraube zur Reife, sie verkörpert die reine, ungekelterte Energie des Lebens. Sie wird im »Sonnengrab« gespeichert. Das Grab betont zwar noch den Aspekt des Todes aus der ersten Strophe. Doch haben wir bereits festgehalten, daß dieses Absterben unumgänglich sei, wenn, wie am Schluß des Gedichtes, eine Art Auferstehung möglich werden solle. Das Grab ist der Keller des Gemüts, das Haus des Verschwiegenen, worin der Wein gelagert wird. Doch wie vollzieht sich die Verwandlung von Sonnenglut in Sonnengeist?
Es ist bezeichnend, daß wir hier, nach dem Doppelpunkt in Zeile 17, eine ähnliche Lücke vorfinden wie in *Umsonst*... Dort wird uns sehr ausführlich die Tätigkeit des Herzogs beschrieben, doch wie aus den Scharen plötzlich ein Gott herauswächst, darüber schweigt sich der Dichter aus. Nicht anders hier. Wir wissen, daß die Erlebnisse auf eine wesentliche Essenz reduziert und in einem Sonnengrab gelagert werden, wir vermuten, daß sich eine Art Gärungsvorgang abspielt, bis aus dem Wein der Augen ein geistiges Getränk geworden ist. Doch was dieser Gärungsprozeß bei der Entstehung eines Gedichtes genau bedeutet, was geschieht, wenn die »Halme der Schwermut« sich mischen mit den »Blumen der Zeit« (M 9), und wie lange die Gärung dauert, darüber weiß der Dichter zumindest hier, auf der Stufe des Winzer-Gedichtes, noch nicht Bescheid. Sicher ist nur, daß während der Lagerungsdauer Schweigen geboten ist, daß jedes voreilige Aussprechen ein Vergeuden des kostbaren Saftes wäre. Celan führt uns also nur bis an eine bestimmte Schwelle des kreativen Prozesses. Und da liegt ein Grund für die ungeheure Anziehungskraft dieses Themas. Gerade weil er das Dunkel jenseits der Schwelle nicht rational durchleuchten kann, lockt es ihn, Gedichte darum herumzustellen. Mit einer psychologischen Sezierung der Latenzzeit wäre wenig gewonnen, denn auch die Psychologie ist, bei allem Anspruch auf Wissenschaftlichkeit, auf eine Symbolsprache angewiesen und vermittelt Erkenntnisse, die für jeden, der nicht hoffnungslos dem aufklärerischen Geist unseres Zeitalters verfallen ist, höchst relativ bleiben. Natürlich wissen wir ungefähr, was ein Dichter meint, wenn er vom »Lagern« seines Stoffes spricht. Doch die Geschichte dieser Lagerung aufzuzeichnen ist meines Wissens noch keinem gelungen. Trotz der starken Tendenz zur Selbstbespiegelung in

der zeitgenössischen Literatur bleibt eben doch ein dunkles Geheimnis bestehen im schöpferischen Prozeß. Und das ist gut so. Seelische Fruchtbarkeit ist zum Glück noch nicht kopierbar. Celan bekennt sich zu diesen blinden Flecken in einem Brief an Hans Bender, in dem er für eine Anthologie hätte Auskunft geben sollen über seine Arbeitsweise:

> »Ich erinnere mich, daß ich Ihnen seinerzeit sagte, der Dichter werde, sobald das Gedicht wirklich *da* sei, aus seiner ursprünglichen Mitwisserschaft wieder entlassen [...] Gewiß, es gibt auch das, was man heute so gern und so unbekümmert als *Handwerk* bezeichnet. Aber – erlauben Sie mir diese Raffung des Gedachten und Erfahrenen – Handwerk ist, wie Sauberkeit überhaupt, Voraussetzung aller Dichtung. *Dieses* Handwerk hat ganz bestimmt keinen goldenen Boden – wer weiß, ob es überhaupt einen Boden hat. Es hat seine Abgründe und Tiefen – manche (ach, ich gehöre nicht dazu) haben sogar einen Namen dafür.«[11]

Indessen ist das Bild des Gärungsvorgangs sehr treffend gewählt. Zukker wird abgebaut zu Alkohol, aus dem Rohmaterial des Lebens entsteht geistige Substanz. Der Alkohol hat eine ähnlich konservierende Wirkung wie das Gedicht. Er verändert den Zustand dessen, der ihn genießt. Und vor allem ist wichtig: Der Gärungsprozeß ist ein passiver, organischer Vorgang, während die Winzer beim Herbsten und Keltern aktiv sein dürfen. Nachdem sie das Sonnengrab gerüstet haben, hört ihre »Mitwisserschaft« auf. Daß sie dies mit »nachtstarker Hand« tun, heißt, daß sie nun, im Herbst, die Forderung der Nacht erfüllen können. Die Nacht stärkt sie und treibt sie an, aber sie müssen ihr auch gewachsen sein, den Abgründen und Tiefen, die Celan in seinem Brief erwähnt.

Die zweite Hälfte der Strophe spricht nach dem Doppelpunkt am Ende von Vers 17 von der Wirkung dieses Weines, den man eindeutig als Dichtung interpretieren darf. Er wird gekeltert, »auf daß ein Mund danach dürste, später –«. Die Anstrengung der Winzer gipfelt in der Hoffnung auf den Spätmund. Damit wird das in Zeile 2 angeschlagene Thema erweitert. Die Wendung »auch dieses« bezieht sich auf das private Erlebnis, an dem nur die Freunde Nani und Klaus Demus teilhaben können. Nach der Läuterung im Gedicht soll es jedem zugänglich sein. Oder doch nicht? Celans Optimismus, daß die Flaschenpost »irgendwann an Land gespült« (Br 128) werde, ist nicht allzugroß. Der Empfänger des Gedichtes kann nicht irgendeiner sein, sein Mund muß Ähnlichkeiten mit demjenigen der Winzer aufweisen. Ein »Spätmund«

soll es sein, »Blindem entgegengekrümmt und gelähmt«. Der Begriff »spät« ist wohl nur mit der Jahreszeit in Zusammenhang zu bringen. Der Empfangende soll ein Freund des Herbstes sein und ähnliche Gaben besitzen wie die Winzer: er muß herbsten, Lese halten können. Der Ausdruck »lesen« ist im wörtlichen und im übertragenen Sinn zu verstehen. Doch gilt es, einem Mißverständnis vorzubeugen. Diese Forderung nach Ähnlichkeit könnte leicht mit einer Selbstüberschätzung des Dichters verwechselt werden, dergestalt, daß nur Wesensverwandte, ja sogar nur Dichter oder nur Lyriker diesen Trunk genießen könnten, womit der hermetische Zirkel vollends geschlossen wäre. In Wirklichkeit ist es aber so, daß Celan an die Kunst des Lesens sehr hohe Anforderungen stellt. Der Celansche Leser muß, im Sinne des treffenden Fragmentes von Novalis, »der erweiterte Autor sein«. Novalis schreibt an jener Stelle: »Durch unparteiisches Wiederlesen seines Buches kann der Autor es selbst läutern. Bei fremden geht gewöhnlich das Eigentümliche mit verloren, weil die Gabe so selten ist, völlig in eine fremde Idee hineinzugehn.«[12] Sich in einem fremden Werk zu verlieren, um sein Ich erweitert und bereichert wieder neu zu gewinnen, diese Verwandlung setzt den Mut zum Sterben und zur Neugeburt voraus, wie ihn die Winzer haben. Celan möchte den Leser in den Gestaltungsprozeß miteinbeziehen. Das Abtasten der Gedichtoberfläche, die anfänglich auch stumm wie der Stein sein kann, erfordert eine unendliche Geduld, bis das »Schweigen der Antwort« durchbrochen wird. Der »späte« Leser zeichnet sich dadurch aus, daß er das Genossene in seinem Innern reifen läßt, daß er den Saft selber keltert und zu neuer Gärung bringt. Auch er teilt, da er ohne diese Leistung der Sprache nicht leben kann, die krüppelhafte Existenz der Winzer. Sein Mund, der sich dem Trunk entgegenkrümmt, ist gelähmt vom Überdruß an den leichtfertig dahergeredeten Worten. Mit der Lähmung des Mundes ist ja wohl eine Lähmung der Sprechwerkzeuge gemeint, jenes totale Verstummen, zu dem die Juden im *Gespräch im Gebirg* anfänglich nicht fähig sind, weshalb der Stein nicht zum Stock sprechen kann. Der Mund muß hier gleichsam zum Ohr werden, die Zunge darf nur schmecken, nicht »blöd gegen die Zähne« (G 53) stoßen.

Eigentümlich mutet nun die Vorstellung an, daß er »Blindem« entgegengekrümmt sei. Damit überträgt sich ja das Krüppelhafte im weitesten Sinne auf die Dichtung, die eine makellose Gestalt haben sollte. Die Assoziation wird verständlich, wenn wir auf das Augen-Motiv in der ersten Strophe zurückgreifen. Die Winzer, so können wir annehmen, sind vor dem Keltern tränenblind, die Welt um sie herum ist schwarz vor Schmerz wie die Nacht, und es geht darum, diese Blindheit weiterzureichen und durchs Blinde hindurch zum Licht vorzustoßen, ähnlich wie die Sprache unter dem Schweigen geweckt werden muß. Anders ausgedrückt: das Gedicht allein macht den Lesenden noch nicht »sehend«, es bleibt ihm ein versiegeltes Geheimnis, sofern er die Schmerzensblindheit, die ihm vorausgegangen ist, nicht nachzuvollziehen vermag. Es genügt nicht, wenn der Leser das Kunstwerk als ästhetisches Gebilde abtastet, er muß seine Abgründe am eigenen Leib erfahren, muß die Blindheit des Schaffenden durchmachen, der zu Beginn noch ganz dem Chaos der unzähligen Gestaltungsmöglichkeiten ausgeliefert ist. Heißt das aber nicht auch, das Kunstwerk sei auf die Beseelung durch den Außenstehenden angewiesen, es sei eine Art Blindenschrift, die nur von Blinden entziffert werden könne? Zu seiner Entfaltung bedarf es der lesenden Winzer.

Erfüllt der Spätmund diese Bedingungen, dann schäumt der »Trunk« aus der Tiefe empor, und es kommt zu einer mystisch anmutenden Vereinigung von Himmel und Erde. Das Trank-Motiv hat eine ganz große Bedeutung im Werk Celans. Die Liebenden trinken sich immer wieder Augen und Herzen leer. Das Meer wird getrunken und das Blut der Rose, das »schmeckte wie Galle« (M 73). Das Lächeln ist in den Becher gemischt und der »Tod als Wein« (M 47). Trinkend erfährt das Celansche Du eine Sättigung, die weder der Blick noch die Umarmung bringen können. Bezeichnend ist, daß die Juden in der *Todesfuge* den Tod in der schwarzen Milch der Frühe zu sich nehmen; der Refrain »wir trinken und trinken« (M 37) erweckt die Vorstellung, sie könnten nie genug davon bekommen. Im Trinken wird gleichsam das Blut ersetzt durch ein schwarzes Gift, es ist, als ob alle Adern geöffnet wären, als ob das Leben verströme und der Tod einfließe. Celan geht so weit, das Bild umzukehren, so daß die Menschen selber zu einem Trank werden. Im Gedicht *Aus Herzen und Hirnen...* wird die Vergänglichkeit der Liebenden und ihrer Gefühle dadurch hervorgehoben, daß der Trunk der Herzen seinerseits den Durst der Stunden stillt, und der Dichter sich fragt: »Munden wir ihr [der Zeit]?« (M 68) Die gewaltigste Zecher-Vision gestaltet Celan aber im Gedicht *Die Krüge:*

»An den langen Tischen der Zeit
zechen die Krüge Gottes.
Sie trinken die Augen der Sehenden leer und die Augen
der Blinden.« (M 54)

Hier wird der religiöse Gedanke, daß alles irdische Leben in Gott münde, wofür in der Lyrik Hölderlins und Goethes das Symbol des Flusses steht, wieder aufgenommen. Die paradoxe Vorstellung zechender Trinkgefäße verstärkt die Unersättlichkeit Gottes. Der Tisch erstreckt sich durch Äonen, und alles Leben scheint nur dazu geschaffen worden zu sein, den Durst des Schöpfers zu stillen. Also gerade die umgekehrte Interpretation der christlichen Idee, wonach das Wort Gottes die Menschen erlaben soll. Sehenden und Blinden, Weisen und Törichten ist dasselbe Schicksal beschieden, und einmal mehr tritt das Gespenst des Todes im Gewand der Zeit auf. Die Winzer jedoch haben die Zeit gepreßt und den so gewonnenen Trunk vor der Vergänglichkeit gerettet, damit auch sterbliche Münder davon kosten können, nicht nur die Krüge Gottes. Aus der »Tiefe« schäumt der Wein empor, indes »der Himmel hinabsteigt«. In dieser Gegenbewegung scheint noch einmal die Antinomie von privater Verschlossenheit und allgemeiner Gültigkeit zum Ausdruck zu kommen. Das Grab öffnet sich, ihm entsteigt – um im Bild zu bleiben – der Sonnengeist. Die Leuchtkraft der Sonne ist in der Kerzenflamme symbolisiert.

Das Hinabsteigen des Himmels zeigt bei Celan immer wieder die Vereinigung extremer Gegensätze an. Wir erinnern uns an die Glücksmetapher aus dem Liebesgedicht *Nachts...*: »und dein gewitterhaft blaues / Aug reicht der Erde den Himmel« (M 55). Die Brautnacht von Himmel und Erde, ursprünglich ein romantisches Motiv, spiegelt das ins Kosmische gesteigerte Glücksgefühl: die Aufhebung der Gegensätze zwischen Ich und Du wird gleichsam nach außen, an die Riesenleinwand der Welt projiziert. Eine ähnliche Verschmelzung findet statt zwischen Dichter und Leser, wenn beim Genuß des Trunkes das Gedicht, wie es in der Büchner-Preis-Rede heißt, »in eines Anderen Sache« (Me 142) zu sprechen beginnt. Ein Stück seelischer Unendlichkeit wird faßbar. Die leuchtende Flamme ist jener Himmel, den der Dichter im Gedicht *Halbzerfressener...* (A 61) umbricht, wieder und wieder, damit das Bild sich entwachsen kann; jener Himmel, den, wie er ausdrücklich sagt in *À la pointe acérée*, nur die Sprache freizulegen vermag:

»Ungeschriebenes, zu
Sprache verhärtet, legt
einen Himmel frei.« (N 48)

In der paradoxen Formel kommt einmal mehr der Wunsch zum Ausdruck, die Sprache möchte gleichsam organisch erstarren und müßte nicht in einem einmaligen Akt festgehalten werden. Im Gärungsprozeß ist das organische Wachstum gesichert. Die Himmelsflamme verkörpert das Dauerhafte, gestiftet durch das aus dem Gedächtnis hervorgegangene Gedicht, das der Gott in *Umsonst...* auf seine Weise darstellt. Es wird, da ihm ein ganzes Meer von Wachs als Nahrung dient, ewig leuchten, aber es ist doch nur der Lichtschimmer eines Kerzenstumpfs. Darin zeigt sich die Bescheidenheit, in der Celan seinem Werk gegenüber verharrt. Die Erkenntnis, die das Gedicht vermittelt, dieses »punktuelle Zünden der Welt« hat nichts gemein mit philosophischer oder religiöser Spekulation, welche das Absolute bewohnbar machen und das Unbegrenzte in Hektaren aufteilen möchte. Es bringt nur ein schwaches Kerzenlicht in das Dunkel, das die Menschen umgibt. So schmal wie der Lichtspalt in Kafkas Parabel *Vor dem Gesetz* ist, so fahl bleibt hier der Schimmer, der gespenstisch die Welt erhellt.

Einmal mehr gestaltet Celan einen seelischen Vorgang als surrealistische Landschaft. Die Flamme des Himmels, das Licht, das uns beim Genuß eines Kunstwerks aufgeht, ist angewiesen auf die modellierbare Masse im Innern des Lesers. Im Gedicht *Vor einer Kerze* formt der Dichter auf Geheiß seiner toten Mutter einen Leuchter, der aufklafft und ihres »Totseins Tochter« (S 34), eine dunkle Flamme, entläßt. Auch hier steht er im Bunde mit der Nacht, denn »mit nachtverhangnen« Lippen spricht er den Segen, darauf wartend, »...bis / der Himmel hinabtaucht ins Grab der Gefühle«. Das wächserne Meer ist ungestaltete, wenn auch formbare Gefühlswelt, es ist der Talg des Erlebten und nicht Ausgesprochenen. Vielleicht darf man sogar noch die Verse aus *Mit Brief und Uhr* in diesem Sinne in Anspruch nehmen:

»Wachs,
Ungeschriebnes zu siegeln,
das deinen Namen
erriet,
das deinen Namen
verschlüsselt.

Kommst du nun, schwimmendes Licht?« (Sp 14)

Zwischen den Zeilen wird der Name, das Wesen des Dichters vom Leser erkannt. Dieser Raum saugt aber auch den Leser in sich auf. Es scheint, als ob Celan im Leser eine wächserne Unendlichkeit sehe, die sich im Akt des Empfangens als Stumpf der im Kunstwerk verborgenen Unendlichkeit entgegenwölbe. Das Wachs ist wohl – analog zur steinernen Welt des Dichters – aufgestauter, unfruchtbarer Schmerz, der in der Begegnung mit dem Kunstwerk aufgezehrt wird. Immer wieder erleben wir ja als Leser dieses Glück des Verbrennens, wenn plötzlich ungeheure Energien in uns freigesetzt werden, so daß es tatsächlich ist, als steige der Himmel in uns nieder und als sage der Schöpfer noch einmal: Es werde Licht! Die Kerzenflamme ist ein Symbol der geschau-

ten Erkenntnis, wie sie nur die Lyrik zu vermitteln weiß; nicht das helle Taglicht des rationalen Erkennens, sondern das gespenstische Halblicht einer seelischen Gewißheit.
Mit dem Schlußvers »wenn endlich die Lippe sich feuchtet« kehren wir wieder zum Anfang zurück. Die Leser als lesende Winzer stehen den Dichtern als kelternden Winzern gegenüber. Der Titel bezieht sich auf beide. Die Elegie ist nicht nur ein Gedicht über die Gestaltung des Kunstwerks, sondern auch über den schöpferischen Akt seiner Aufnahme, über die Gestaltwerdung des Empfängers. Damit wird das Sinnbild der *Corona* erweitert um den Kreis derer, die den Wein mit ihrem eigenen Schmerz vermischen und zur neuen Gärung bringen. Der tänzerische Rhythmus und die Wiederholungen sind um so berechtigter, als dieser Prozeß eben auch zyklischen Charakter hat. Im Herbst wiederholt sich für den Leser und den Dichter das »punktuelle Zünden der Welt«. Dazwischen liegt das ungestaltete Leben, in den Chiffren »Wachs« und »Stein« verhärtet. Es ist im allgemeinsten Sinn ein Gedicht über das Bilden und Kultivieren, es zeigt, wie die kostbarste Substanz des Menschen im Kunstwerk aufgehoben und durch Jahrzehnte bewahrt werden kann, »um fernher als Lichtstumpf zu leuchten«.

4 Das erschwiegene Wort

»Dies ist ein Wort, das neben den Worten einherging,
ein Wort nach dem Bilde des Schweigens,
umbuscht von Singrün und Kummer.« (S 16)

Mit wechselndem Schlüssel

Mit wechselndem Schlüssel
schließt du das Haus auf, darin
der Schnee des Verschwiegenen treibt.
Je nach dem Blut, das dir quillt
aus Aug oder Mund oder Ohr,
wechselt dein Schlüssel.

Wechselt dein Schlüssel, wechselt das Wort,
das treiben darf mit den Flocken.
Je nach dem Wind, der dich fortstößt,
ballt um das Wort sich der Schnee. (S 36)

Nachdem wir nun Einblick gewonnen haben in den für Paul Celan typischen Gestaltungsprozeß, wollen wir auf Gedichte eingehen, in denen Sprachprobleme inhaltlich zum Ausdruck kommen. Das erste, *Mit wechselndem Schlüssel*, kann gleichsam als Ergänzung der Winzer-Elegie auf poetologischer Ebene gelesen werden. Wir haben gesagt, daß sich im Verhältnis Winzer/Krücke die Beziehung des Dichters zu seiner Sprache spiegle. Im Herbst, der Zeit poetischer Reife und Ernte, ist es dem Stock gelungen, durch das Schweigen des Steins hindurchzusprechen, hinab in den Raum des Gedächtnisses. Es ist geglückt, das Vergessene zu aktivieren und einen Teil des Verschwiegenen heraufzuholen. In sehr differenzierten Chiffren spricht die Elegie von den seelischen Vorgängen, vom Speichern der Erlebnisse, von der Gärung des Schmerzes und von den Mächten, die dem Dichter das Keltern abverlangen. Dagegen beschränkt sie sich, was die Auskunft über ihre sprachliche Entstehung betrifft, auf ein einziges zentrales Motiv, den Krückstock, der auch im *Gespräch im Gebirg* das verbale Vermögen, respektive Unvermögen der »Geschwisterkinder« symbolisiert. Im ersten Kapitel war vom Schweigen als einer Läuterungsstufe des Wortes die Rede, jedoch sind wir dort nicht über den utopischen Begriff »Ursprache« hinausgegangen. Wir haben zu zeigen versucht, in welchen Bildern sie sich manifestiert. Nun kann sich Celan mit seinem hochsensiblen Sprachempfinden natürlich der Frage nicht entziehen: Was geschieht mit dem Wort, wenn es in den »Schacht des Erdachten« (S 64) vorstößt, wenn ich es in meinem Innern »bewege«? Wie kommt es, daß ein Zeichen im Augenblick, da es der Dichter aufs Papier setzt, mehr aussagen kann, als sein lexikalischer Inhalt verspricht? Celan interessiert nun nicht mehr bloß die Lagerung und Verwandlung des Erlebnismaterials, er beginnt sich auch um die Transformation der Wörter zu Zeichen, zu Chiffren zu kümmern. Das Gedicht fragt, seiner Natur gemäß verschlüsselt, nach der Herkunft und Beschaffenheit seiner Elemente. Es reflektiert seine Sprachlichkeit. Am auffälligsten signalisiert der Titel des Bandes *Sprachgitter* diese Thematik. Wir werden auf die Formel zurückkommen. Lesen wir aber die früheren Bücher aufmerksam durch, insbesondere *Von Schwelle zu Schwelle*, stellen wir überrascht fest, daß bereits hier in einem Drittel aller Gedichte das Zeichen »Wort« vorkommt, und zwar meistens im Zusammenhang mit Chiffren aus der organischen Welt. Längst nicht alle diese Gedichte befassen sich ausschließlich mit Sprachproblemen, das Wort-Motiv ist meistens mit anderen Hauptmotiven verflochten. Doch *Mit wechselndem Schlüssel* stellt die Wandlung zum »erschwiegenen Wort« (S 62) in modellhafter Deutlichkeit dar, und deshalb wählen wir es als Beispiel für viele andere Zeugnisse sprachlicher Reflexion.

Bevor wir uns dem Gedicht selber zuwenden, wollen wir dem Motto nachgehen, das wir diesem Kapitel vorangestellt haben. Es soll uns einen ersten Einstieg in die komplexe Welt des Celanschen Wortes ermöglichen. Die Verse stammen aus dem Gedicht *Strähne*, dessen zwei mittlere Strophen lauten:

»dies ist ein Wort, das sich regt
Firnen zulieb,
ein Wort, das schneewärts geäugt,
als ich, umsommert von Augen,
der Braue vergaß, die du über mich spanntest,
ein Wort, das mich mied,
als die Lippe mir blutet' vor Sprache.

Dies ist ein Wort, das neben den Worten einherging,
ein Wort nach dem Bilde des Schweigens,
umbuscht von Singrün und Kummer.« (S 16)

Die Stelle ist deshalb aufschlußreich, weil sie das poetische Wort definiert als ein Wort nach dem Vorbild des Schweigens und damit das Endprodukt des Prozesses benennt, der im Schlüssel-Gedicht im Gange ist. Zum andern aber auch, weil »Strähne« an die Jahreszeiten-Metaphorik in *Umsonst*... und in der Winzer-Elegie anknüpft. Das Wort, das den Sprechenden hier meidet, gehört in den Bereich des Winters. Es regt sich »Firnen zulieb«, hat also eine Beziehung zu Schneegipfeln, was auch in »schneewärts geäugt« unterstrichen wird. Indessen ist es ein Wort, das sich nur regt, das den »Schnee des Verschwiegenen« gleichsam nur gewittert hat. Es konnte nicht vollends zum Schneewort werden, weil der von ihm Gemiedene »umsommert« war von Augen und Sprachblut vergossen hat. Damit rückt er in die Nähe des sommerlichen Dichters in *Umsonst*..., welcher der Zeit gedenkt, als sein Schloß in Flammen stand und er sprach »wie die Menschen« (M 9). Er ist verstrickt in den Dschungel des Lebens und kennt noch nicht die herbstliche Pflicht der Winzer, das Erlebnis und das Wort im »Sonnengrab« (S 64) zu bewahren. In der Glut der Liebesblicke vergißt er die groß gespannte »Braue«, das eine dunkle Auge, das ihn an sein Schicksal erinnert und zum Verstummen zwingt. Es ist die Mahnung seines Geschlechtes, der Ruf seiner verlorenen Mutter, die oft im Zeichen der Braue, der Strähne oder des Haares gesehen wird. Das blutende Wort ist zwar ein schmerzbetroffenes, aber kein verwandeltes Wort. Es hat den Raum des Schweigens nicht durchschritten, es hat nicht überwintert. Das Sprachblut des Sommers ist nicht zu verwechseln mit dem

Wein der Winzer. Gewiß gilt: Wes das Herz voll ist, des gehet der Mund über. Doch diese Sprache hat, wie Celan weiß, keine bewahrende Kraft. Sie bleibt vorläufig wie das Geschwätz der Juden auf der Gebirgswanderung. Auch ihre Sprache ist betroffene Sprache. Das zeigt sich in der Syntax, in den stammelnden Ansätzen und Wiederholungen. Aber sie versagt vor der Stummheit der Schöpfung, weil sie kein Sprechen, sondern lediglich ein Reden ist. Die gültige Sprache wird durch den grünweißen Gletschersee repräsentiert, also auch in der Prosadichtung dem Winter zugeordnet. An ihrem »Bilde des Schweigens« versucht sich das Geschwätz der Juden zu orientieren. Über dem Erleben und dem Vergessen, haben wir gesagt, sei das Gedächtnis eingestuft. Was im Gedächtnis bewahrt wird, ist dem Vergessen abgerungen. Seine Zeit ist der Herbst, weil er sowohl dem üppigen Sommer als auch dem toten Winter zugekehrt ist. Diese Dreiheit bewährt sich auch in bezug auf die Sprache. Das erschwiegene Wort, das nur einmal, nämlich im Herbst gefunden werden kann, ist ebenfalls zwiegesichtig. Es vereinigt Tod und Leben in sich, öffnet sich dem Schweigen und gehört doch eindeutig der menschlichen Sprache an. Es bleibt zwar sagbar, sagt indessen nicht, was es meint. Es ist das uneigentliche Wort, die Metapher oder Chiffre. Auf seine Verwandlung spielen die Verse aus dem Gedicht *Die Ewigkeit* an:

> »Ein Wort, das schlief, als wirs hörten,
> schlüpft unters Laub:
> beredt wird der Herbst sein.« (M 66)

Ein schlafendes Wort – damit kann wohl nur Sprache im »unerweckten Zustand« gemeint sein, Sprache, die noch nicht vom Geist des Dichters durchdrungen ist, die inhaltsvermittelnde, aber noch nicht inhaltsstiftende Funktion hat. Es ist das Zeichen, wie es in der Alltagssprache gebraucht wird. Indem das Wort unters Laub schlüpft, vermodert es mit dem Blätterabfall im Winter. Wir müssen die Nuance beachten, daß Celan nicht schreibt: Ein Wort... schlüpft unter die Blätter. Es ist bereits in der Nähe des Herbstes angesiedelt, zugedeckt von den Schichten der Erlebnisse, die gleichsam vom sommergrünen Baum des Lebens abgefallen sind und im Vergessen lagern. Das heißt nun für die dichterische Zeitordnung Celans, daß der Winter vor dem Herbst kommt, oder daß der Herbst als Erntezeit die Polarität von Sommer und Winter aufhebt. Das Wort wird im »beredten« Herbst ein Zeichen sein, das sich mit dem Humus dessen, was von den Erlebnissen im Gedächtnis bewahrt worden ist, vermischt hat. Mit dem ungewohnten Adjektiv, das hier kaum »redegewandt« im rhetorischen Sinne heißen kann, läßt

Celan ganz bewußt die Wendung »ein beredtes Schweigen« anklingen; die spiegelbildliche Figur zum »erschwiegenen Wort«. Ein ausdrucksvolles Schweigen hinter dem erschwiegenen Ausdruck – das ist der paradoxe Anspruch, den dieser Lyriker an das dichte, geballte Wort stellt. Seine Affinität zum Winter erweist sich auch im Schlüssel-Gedicht, das nun zur Sprache bringt, was die zitierte Strophe aus *Die Ewigkeit* nach dem Doppelpunkt der zweiten Zeile offen läßt.

»Mit wechselndem Schlüssel
schließt du das Haus auf, darin
der Schnee des Verschwiegenen treibt.«

Celan setzt hier nicht eine statische Winterlandschaft ein, wie er es in vielen späteren Gedichten tun wird, sondern ein Schneetreiben. Das heißt, daß das Verschwiegene aktiviert wird, in Bewegung versetzt durch das Wort, das in seinen Raum eindringt. Man könnte sogar ganz konkret an die Zugluft denken, welche nach dem Aufschließen der Türe die Flocken aufwirbelt. Denn, das ist wohl eindeutig: Es handelt sich nicht um ein Schneien im Sinne des meteorologischen Niederschlages, sondern um alte, abgelagerte Schichten. Frisch fallender Schnee müßte »Schnee des Schweigens« heißen. Das »Haus« ist, ähnlich wie der Schloßhof in *Umsonst...*, das schimmelgrüne »Haus des Vergessens« (M 18) und der Schacht des Erdachten in der Winzer-Elegie ein sinnbildlicher Ort für die seelische Aktivität des Dichters. Es ist uns aufgefallen, daß Celan den Schauplatz in *Umsonst...* nach außen verlegt, ein Geschehen, das sich eigentlich im Burgverlies hätte abspielen müssen, in die mittelalterliche Herbstlandschaft transponiert hat. Hier verhält es sich gerade umgekehrt. Die Winterlandschaft wird ins Haus hereingeholt. Die Mauern deuten darauf hin, daß der unbegrenzte Raum des Schweigens faßbar geworden ist. Auch die Verwandtschaft des Flockenwirbels mit dem Wirken des Herzogs der Stille ist unübersehbar, sofern unsere Assoziation, daß das Bild der gesammelten Soldaten von den im Wind treibenden Blättern ausgegangen sein könnte, ihre Berechtigung hat. Und noch eine Parallele fällt auf. Im Schloß-Gedicht gewährt ein Fenster, in dessen Staub die Herzen gemalt werden, den entscheidenden Ausblick und somit Einblick in die geheimnisvollen Vorgänge unten im Hof; hier muß ein »Schlüssel« gefunden werden, um den Schneeraum für das Wort zu erschließen. Die Gemeinsamkeit der beiden Chiffren besteht darin, daß das Herz die Schlüsselfigur für das Erkennen des Herzogs ist, der bei Celan auch eine lautassoziative Etymologie besitzt. Erst in den transparenten Herzlinien wird für das an die Scheiben gepreßte Gesicht das Geschehen deutlich wahrnehmbar. Die Landschaft des Herzens, aus welcher der Herzog hervorgeht, bedarf ebenso wie der Raum des Verschwiegenen eines aufschließenden Kennzeichens oder Paßwortes. Wir wären nachträglich sogar geneigt, den Schloßhof in einer zusätzlichen Bedeutung als den »erschlossenen Hof« zu interpretieren.

Das Haus als faßbarer Raum des Schweigens ist angereichert mit all dem, was sich im Dichter im Laufe der Jahre an Unsagbarem niedergeschlagen hat, was er, anstatt vorlaut zu zerreden, stumm in sich hineinschneien ließ. Aus der Bremer Rede wissen wir um die existentiellen Hintergründe für dieses »furchtbare Verstummen«. Der Schnee ist der bittere Bodensatz aus jener Zeit, als Celans Sprache hindurchgehen mußte durch »die tausend Finsternisse todbringender Rede« (Br 128).

Die Verbindung der Schlüssel-Chiffre mit dem Wort-Motiv ist nicht einmalig innerhalb des lyrischen Werkes. In der *Niemandsrose* heißt es:

»Schlüsselgeräusche oben,
im Atem-
Baum über euch:
das letzte
Wort, das euch ansah,
soll jetzt bei sich sein und bleiben.« (N 43)

Die Schlüsselgeräusche künden an, daß sich eine Verwandlung mit dem Wort vollzogen hat. Es ist zu sich selber gekommen. Es gehört nun einem Bereich an, zu dem der Dichter keinen unmittelbaren Zugang besitzt. Vermutlich ist das hermetisch verschlüsselte Wort gemeint. Ähnlich in *Assisi*, wo die Verse stehen: »Trottendes Tier im Schnee, den die nackteste Hand streut. / Trottendes Tier vor dem Wort, das ins Schloß fiel.« (S 32) Von diesen Stellen unterscheidet sich unser Gedicht insofern, als der Schlüssel nicht identisch ist mit dem Wort und überdies von Fall zu Fall wechselt. Die Variabilität des Wortes wird nur abhängig gemacht vom Austauschen der Schlüssel. Die Assoziation an den biblischen »clavis scientiae«, den »Schlüssel der Erkenntnis«, stellt sich ein. So wie der Stock der Juden, den wir mit dem Stab Moses' verglichen haben, plötzlich zum Stein sprechen kann, so verfügt der Dichter nun über einen Schlüsselbund, der ihm den Zugang zu einem vorher verborgenen Raum öffnet. Das Innere erschließt sich ihm, er gewinnt Aufschluß über sich selbst. Wie kommt es zu dieser Entdekkung? Wir können das Phänomen nicht anders als »Inspiration« nennen. Das Schlüsselgeräusch ist, ins Akustische übertragen, der zündende Funke, der Reflex einer schöpferischen Idee. Im Augenblick der

Inspiration erschließt sich uns eine neue Welt, von der wir noch nicht wissen, wie sie aussehen wird. Was wir wissen, ist einzig, daß wir in sie eingetreten sind. Wie überraschend man sich das Ereignis von Mal zu Mal denken muß, unterstreicht das Attribut »wechselnd«. Es gibt keinen Passepartout, um dem Verschwiegenen auf die Spur zu kommen. Celan wird sich in der Inspiration eines seelischen Feldes bewußt, das noch nicht mit Worten abgesteckt ist. Das Bild des abgelagerten und von der Zugluft aufgewirbelten Schnees ist deshalb so treffend, weil man immer nur Neuland entdecken kann, das im Unbewußten bereits vorhanden ist. Nun darf man Doppelbedeutungen und Übertragungen bei Celanschen Wörtern nie außer acht lassen. Unter dem Schlüssel versteht man bildlich auch das erklärende Zeichen, den Kode für die Entzifferung oder Herstellung einer Geheimschrift. Damit berührt er sich abermals mit dem Krückstock, der den Winzern erlaubt, im wörtlichsten Sinne »Lese« ihrer Tränen zu halten, den Schmerz zu entziffern, zu verstehen und zu überwinden. Wer im Besitz des Schlüssels ist – darum die Anspielung auf den »clavis scientiae« –, vermag die Flokken des Verschwiegenen als Hieroglyphen eines seelischen Urtextes zu erkennen, und er wird versuchen, das Wort, indem er es mit diesem Urtext mischt, unter dasselbe Siegel zu stellen. Damit bahnt sich jener Zusammenhang zwischen der Dechiffrierung des Innern und der Chiffrierung des Wortes an, der für das Verständnis des dichterischen Prozesses so ungemein wichtig ist. Es gibt keinen Bedeutungswandel des Wortes zum Zeichen ohne die intuitive Erkenntnis des verborgenen Urtextes. Dieses Phänomen beschäftigt den Lyriker Günter Eich in seinem kurzen Aufsatz »Trigonometrische Punkte«:

> »Als die eigentliche Sprache erscheint mir die, in der das Wort und das Ding zusammenfallen. Aus dieser Sprache, die sich rings um uns befindet, zugleich aber nicht vorhanden ist, gilt es zu übersetzen. Wir übersetzen, ohne den Urtext zu haben. Die gelungenste Übersetzung kommt ihm am nächsten und erreicht den höchsten Grad von Wirklichkeit.«[1]

Das wäre bei Celan das Wort im »Atem-/Baum«, das bei sich selber ist und bleibt. Von dieser zugleich vorhandenen und nicht vorhandenen Sprache, einer Sprache »ohne Ich und ohne Du« (G 66), ist bereits im Kapitel über das *Gespräch im Gebirg* die Rede gewesen. Mit der Übersetzung ohne Urtext stellt Eich die paradoxe Formel auf für das dichterische Unterfangen, Unsichtbares in seiner Unsichtbarkeit sichtbar zu machen. Celan vergleicht diese Paradoxie im Gedicht *Mit Brief und Uhr* mit dem Versiegeln eines ungeschriebenen Briefes:

»Wachs,
Ungeschriebnes zu siegeln,
das deinen Namen
erriet,
das deinen Namen
verschlüsselt.« (Sp 14)

Verschlüsselung und Entschlüsselung des »Namens« – Kennzeichen des Menschen, gleichsam das lautliche Symbol für sein Wesen – gehen ineinander über in dem Augenblick, da das »Ungeschriebne«, das Verschwiegene unter das Siegel genommen wird. »Siegel« kommt von lateinisch »sigillum«, das als Diminutiv zu »signum« (Zeichen, Kennzeichen) entstanden ist. Der Stempel im Wachs verschließt zwar die Mitteilung und erhebt sie damit zur Gültigkeit – man denkt an »besiegeln«, »Rechtskraft verleihen« –, aber zugleich verrät er den Absender oder die Instanz, sofern man das Siegel entziffern kann. Der Empfänger des Briefes weiß, unter welchem Vorzeichen, in wessen Namen das Mitgeteilte aufzunehmen sein wird. Dies gilt nicht nur für das Gedicht, das für Celan paradoxerweise einem ungeschriebenen Brief gleichkommt – »Geschriebenes« würde sich auf eine Kommunikation über Worte der unpoetischen Sprache beziehen –, es gilt auch für den Schnee des Verschwiegenen, für den Urtext, der nur so lange ein Buch mit sieben Siegeln bleibt, als der Dichter die Geheimschrift nicht als solche erkennt. Und diese Entdeckung im Augenblick der Inspiration wird durch den Schlüssel in seiner doppelten Bedeutung versinnbildlicht.
In der zweiten Hälfte der ersten Strophe fragt das Gedicht weiter nach den existentiellen Bedingungen, unter denen diese ständig wechselnde, sich nie schematisch vollziehende Erkenntnis möglich wird:

4 »Je nach dem Blut, das dir quillt
5 aus Aug oder Mund oder Ohr,
6 wechselt dein Schlüssel.«

Auch hier stoßen wir auf eine Abwandlung eines bereits bekannten Motives: die Abhängigkeit der Kreativität von der Intensität der Schmerzerfahrung. Das Herzenmalen in *Umsonst...* ist ein wehmütiges, schmerzliches Erinnern, zwar noch nicht ausdrücklich als »Erinnerungswunde« (A 53) bezeichnet, wie es später in *Atemwende* heißt, doch darauf hinweisend. Die Gebrechlichkeit der Geschwisterkinder im *Gespräch im Gebirg* und die Invalidität der Winzer haben die Gewißheit bestärkt, daß Celans Dichtung nur als dünne Haut über der stets erneut aufbrechenden Wunde des Daseins verstanden werden kann. Die Verletzung der Sinnesorgane meint wohl nichts anderes als die schmerzliche Betroffenheit des Dichters, welche in *Tenebrae* in fast blasphemischer Weise zum Martyrium Christi gesteigert wird: »Gegriffen schon, Herr, / ineinander verkrallt, als wär / der Leib eines jeden von uns / dein Leib, Herr.« (Sp 23) Die Verse beschwören die schrecklichsten Bilder aus deutschen Konzentrationslagern herauf. Das jüdische Dasein wird als Kreuzweg gesehen, vom Schicksal des Opfertodes bestimmt. Das Bild Jesu steigt aus der blutigen Tränke auf, zu der die Juden in der Todesnacht (»Tenebrae«) geführt werden. Die Stigmata finden ihre Entsprechung in den Wundmalen der Sinnesorgane. Im Gedicht *Abend der Worte* heißt es: »die Narbe der Zeit / tut sich auf / und setzt das Land unter Blut –« (S 41). Diese Narbe zieht sich gleichsam mitten durch den Dichter hindurch. Blut bedeutet ja auch Geschlecht, und damit Schicksal. In einer Zeit zu leben und zu schreiben, in der die Muttersprache zur Sprache der Mörder der Mutter geworden ist – ein solches Dasein kann nur erfahren werden als ein »STEHEN, im Schatten / des Wundenmals in der Luft.« (A 19) Die Augen auftun heißt, das Schreckliche sehen; die Ohren auftun heißt, das Schreckliche hören; den Mund auftun heißt, das Schreckliche einatmen und stammelnd davon Zeugnis ablegen. Mit jedem Blick, mit jedem Wort bricht die Narbe der Zeit von neuem auf. Deshalb nennt Celan die Blicke einmal »Seh-/narben« (A 67). Wenn wir von einem Menschen sagen, er habe blutige Tränen geweint, dann meinen wir zweifellos, daß er bis ins innerste Mark erschüttert worden sei und im Ausdruck des Schmerzes sein Herzblut hergegeben habe. Blutige Tränen sind ja auch die Lese der Winzer. Hören, Sehen und Sprechen im Zeichen des Blutes, das Klaffen der Daseinswunde in Verbindung mit dem Wechseln des Schlüssels, dies deutet darauf hin, daß die Erschließung des Verschwiegenen nur über das schutzlose Offensein im Schmerz führen kann, daß die Inspiration Betroffenheit voraussetzt. Ohne den Blutverlust wäre der Dichter gar nicht für den kreativen Prozeß disponiert.

Die Verse weisen auf die zweite Strophe und somit auf die Beziehung zum Wort voraus, weil Celan das Blut nicht aus drei beliebigen Sinnen quellen läßt. Es sind die primären Organe dichterischer Wahrnehmung, wie sie auch im *Gespräch im Gebirg* eine Rolle spielen. Wir erinnern uns an den Schleier in den Augen, an das wiederholte »Hörstdu« der Geschwisterkinder und an die Zunge, welche blöd gegen die Zähne stößt. Mit dem Ohr, den Augen und der Zunge erfahren wir die Sprache in drei verschiedenen Formen: als Klangkörper, als Schriftbild und als Artikulation. Es gibt viele Stellen im Werk Celans, welche seine spezifische »Blutsverwandtschaft« des Wortes bezeugen.

Nachdem in *Abend der Worte* sich die Narbe der Zeit aufgetan und das Land unter Blut gesetzt hat, schlagen die »Doggen der Wortnacht« (S 41) an. Blutdürstig scheinen sie sich auf ihre Beute zu stürzen. Dieses Motiv bestärkt die Vermutung, daß im »Blut«, welches wechselweise aus »Aug oder Mund oder Ohr« stürzt, gleichsam die Nahrung des Wortes enthalten sein muß. Das Wort zehrt vom Herzblut des Dichters, wie es im Erinnerungsgedicht an Paul Eluard der Fall gewesen wäre, wenn der Tote das Wort dem Du nicht hätte verweigern müssen, »das Wort, / an dem das Blut seines Herzens vorbeisprang« (S 54). Der Puls der Sprache sollte identisch werden mit dem Puls des Dichters, und die Gewinnung des Wortes käme einem Aderlaß gleich. Später, in der *Atemwende*, ist von einer »... wortdurchschwommenen / Bildbahn, Blutbahn« (A 36) die Rede. Das Wort, das dem Dichter im Blute liegt, ist zwar das wesenhafte, seinem Schicksal zugemessene, aber noch nicht das verwandelte dichterische Zeichen, wie wir aus der eingangs zitierten Stelle aus *Strähne* (S 16) ersehen haben, wo das Schneewort in deutlicher Opposition zum vergossenen Sprachblut steht. Diese Zweigleisigkeit in der Verwendung einer zentralen Chiffre wird erst verständlich, wenn wir hinzufügen, daß Celan die Sprache allgemein als bluterfüllten Organismus sieht. Der Wunde des Daseins entspricht in seiner Vorstellung eine Sprachwunde. Und dabei denkt er vor allem an das mißbrauchte, mißhandelte Wort aus der Zeit der »tausend Finsternisse todbringender Rede« (Br 128). Nur unter der Voraussetzung, daß es diese Schändung überlebt, daß ihm »das Blut nicht gerann, als der Giftzahn / die Silben durchstieß« (S 62), kann es geläutert aus dem Schweigen hervorgehen. So sehr identifiziert sich Celan mit dem Sprachkörper, daß dessen Narben zu den seinen werden. Und damit kommen wir wieder auf die verletzten Sinnesorgane dichterischer Wahrnehmung und Weltbewältigung zurück. Wir versuchen, die beiden Linien, die vom Zeichen des »Blutes« ausgehen, zusammenzuführen. Mit dem blutüberströmten Auge, dem Ohr und dem Mund erfährt und artikuliert der Dichter, noch bevor er zur poetischen Gestaltung ansetzt, auch eine blutende Sprache, und zwar im doppelten Sinne: eine verletzte und eine »offene« Sprache. Der wechselnde Schlüssel erschließt nicht nur das Haus des Verschwiegenen, sondern auch, wie der Anfang der zweiten Strophe deutlich sagt, das Haus der Sprache:

»Wechselt dein Schlüssel, wechselt das Wort,
das treiben darf mit den Flocken.«

Da uns das Wort je nachdem in der Lektüre, im Zuhören oder in der eigenen Artikulation aufgehen kann, erscheint die Differenzierung unter den Sinnesorganen durchaus berechtigt. Doch sie ist weniger wesentlich als die Simultaneität des Wechsels, die Gleichzeitigkeit zweier Vorgänge auf so verschiedenen Ebenen, wie sie in Vers 7 zum Ausdruck kommt. Das Gefüge dieser Zeile ist eine elliptische Reduktion. Ausgeschrieben müßte der Satz lauten: Wenn dein Schlüssel wechselt, dann wechselt auch das Wort, das treiben darf mit den Flocken. Der Vergleich des impliziten mit dem explizit formulierten Konditionalsatz zeigt sofort, daß die verlorengegangene Spannung im Celanschen Vers auf zwei Satzteilen beruht, die durch eine ähnliche Form eine gleiche Funktion vortäuschen. Die eingesetzte Konjunktion und das Korrelat verteilen die Gewichte von Bedingung und Bedingtheit zu eindeutig. Die leichte Irreführung des Lesers, der von der Konstruktion her nicht auf Anhieb feststellen kann, ob der Wechsel des Wortes nun vom Wechsel des Schlüssels abhänge oder umgekehrt, ist klug einkalkuliert. Die Erschließung des Verschwiegenen wird typographisch gleichgesetzt mit der Aufschlüsselung des Wortes. Einzig aus den kleinen Partikeln lesen wir einen Unterschied ab: Zu »Schlüssel« setzt Celan das Possessivpronomen, zu »Wort« indessen nur den bestimmten Artikel. Während die Inspiration, wie es nicht anders sein könnte, von der persönlichen Eigenart des Dichters geprägt ist, trägt das Wort, bevor es sich mit den Flocken vermischt hat, noch nicht seinen Stempel, sondern gehört zum anonymen Zeichenbestand, wie er im Wörterbuch vorliegt. Das ist der Grund, weshalb es einen Wechsel vollziehen muß. Was verstehen wir aber unter der Aufschlüsselung einer Vokabel? Martin Kessel geht in seiner Arbeit über *Die epochale Substanz der Dichtung* der heiklen Frage nach, wie der Dichter eigentlich seine Sprache finde:

> »Der Dichter aber ist zunächst sprachlos. Ja, am liebsten ginge ich soweit, zu sagen, daß das Erstaunen, ja vielleicht sogar der Schreck über den Anruf einer in der Tiefe schlummernden Substanz ihn erst eigentlich sprachlos gemacht hat. Bestürzt und gebannt, gelegentlich nahezu kopfscheu, findet er zunächst das Wort nicht zur Situation, einem reinen Toren vergleichbar wie Parzival, der vor dem kranken Amfortas steht wie vor der ungeheuren Wunde der Welt, unfähig, nach den Gründen zu fragen. Er fragt nicht zuletzt deshalb nicht, weil er frühzeitig erfuhr, daß auch dem Wort eine doppelte Sphäre zukommt und daß erst eine Art Schlüsselwort notwendig ist, um den Zugang zu jener Sphäre zu öffnen, worin das gewünschte Wort nicht nur als eine Funktion der Grammatik auftritt, sondern als Eigenwert, als eine Kraft, ja selber als eine musisch-radiale Substanz von zauberhafter Gewalt.«[2]

Mit der »doppelten Sphäre« spielt Kessel metaphorisch auf die linguistische Tatsache an, daß jedes Wort außer dem lexikalisch fixierten Inhalt einen semantischen Spielraum besitzt, der es dem Dichter erlaubt, die ihm gemäße Bedeutungsnuance und Verwendungsweise herauszufinden und mittels Chiffren ein eigenes System innerhalb des konventionellen Sprachgebrauchs aufzubauen. Jedem schöpferischen Menschen kehrt die Sprache ihr eigenes Gesicht zu. Man unterscheidet generell zwischen dem aktiven und dem passiven Wortschatz eines Sprechers. Eine ähnliche Differenzierung müßte man beim Dichter vornehmen, wenn man unter »aktiv« jenen Teil des Sprachmaterials versteht, mit dem sich sein Wesen aktivieren läßt. Diese Vorwahl der Sprachebene, die bereits darüber entscheiden kann, ob ein Werk gelingt oder mißlingt, setzt, wie Kessel sagt, »eine Art Schlüsselwort« voraus. Auch hier, in seinem Verhältnis zu den Vokabeln, muß der Dichter über einen Kode verfügen, der es ihm ermöglicht, die Spreu vom Weizen zu sondern. Es kommt nicht von ungefähr, daß die meisten großen Lyriker an einem ziemlich eng begrenzten Vorrat von Schlüsselwörtern erkennbar sind. Der Dichter muß die Sprache unter seinem persönlichen Blickwinkel sehen. Wir können uns das Problem am besten anhand der Wortwahl beim Schreiben veranschaulichen. Der Begriff suggeriert die etwas deutschlehrerhafte Vorstellung, der Autor treffe an jeder Stelle seines Textes eine Wahl unter sämtlichen Zeichen, die in Frage kämen, er schlage also von Fall zu Fall im Wörterbuch nach. Auf diese Weise entstünde wohl ein bunt gewirkter Teppich, doch niemals Dichtung, abgesehen davon, daß bei einem so mühsamen Verfahren der rote Faden längst verlorenginge. Das Bedürfnis, so zu arbeiten, zeigt dem Schreibenden im Gegenteil an, daß er nicht disponiert ist. Und dann kommt man immer in die Versuchung, die Sprache für sich dichten zu lassen. Es gehört zum Phänomen der Inspiration, daß die entscheidende Vorwahl bereits getroffen ist. Das Wort wechselt hinüber aus dem anonymen Gebäude der Sprache in den privaten Vorraum der Dichtung. Es bietet sich der Verwandlung zum Zeichen eines neuen Systems an. Als neutrale, lexikalische Einheit wäre es den schwarzen Punkten in der Notenschrift vergleichbar. Die dichterische Intention setzt den Schlüssel und die Vorzeichen hinzu und erkennt den Zusammenhang einer Melodie. Bevor das Wort unter der gestaltenden Hand zur Chiffre werden kann, muß es als »Synonym« in Erscheinung treten, sinnverwandt in bezug auf den Sinn, den ihm der Dichter geben will. Da erinnern wir uns noch einmal an das Siegel, »das deinen Namen / erriet, / das deinen Namen / verschlüsselt« (Sp 14). »Name« ist bei Celan immer auch ein Zeichen für das »namentliche«, für das wesenhaft zugeordnete Wort.

Interpretieren wir die zweite Strophe als Ganzes, so müssen wir versuchen, sowohl das »Wort«, das mit den »Flocken« treiben darf, als auch das »Verschwiegene« und damit das Schweigen präziser zu bestimmen als bisher. Dabei halten wir es für nicht unangebracht, ein paar linguistische Termini zu Rate zu ziehen, allein schon um dem Philologen Paul Celan gerecht zu werden. Ferdinand de Saussures Zweiteilung der Sprache in »la langue« und »la parole« scheint in unserem Zusammenhang etwas weit hergeholt zu sein, erweist sich aber als fruchtbarer Ansatzpunkt, sobald wir das Schweigen nicht bloß als Fehlen von Sprache, sondern als nicht aktualisierte Sprache betrachten. Die »parole« bezeichnet den individuellen Sprachgebrauch innerhalb einer Sprachgemeinschaft. Damit kann der Sprechakt oder eine schriftliche Äußerung gemeint sein. An ihr kann nur teilhaben, wer über die »langue« verfügt. Sie wäre zu definieren als ein System von »Engrammen«, die im Bewußtsein der Sprecher und Hörer gespeichert sind. In der »langue« ist potentiell jeder mögliche Sprechakt enthalten. Ebenso kann man sagen, daß das Engramm als Symbol für das Bezeichnete und die Bezeichnung potentiell jede mögliche Bedeutungsnuance eines Wortes enthält. Das gedachte Zeichen ist inhaltlich viel komplexer als das gesprochene, weil es gleichsam im freien Raum steht und in seiner Polyvalenz noch unangetastet bleibt. Im Engramm »Baum« zum Beispiel kann die Bedeutung »Baum als Stammbaum« mitschwingen, auch die Übertragung »Baum des Lebens«. Sobald das Wort in einer Landschaftsbeschreibung verwendet wird, fallen diese Assoziationen dahin. Celan nennt die Übersetzung der Engramme aus der »langue« in das Gedicht, das eine Form der »parole« darstellt, »Individuation«. In der Büchner-Preis-Rede heißt es:

> »Dieses Immer-noch [des Gedichts] kann doch wohl nur ein Sprechen sein. Also nicht Sprache schlechthin und vermutlich auch nicht erst vom Wort her ›Entsprechung‹.
> Sondern aktualisierte Sprache, freigesetzt unter dem Zeichen einer zwar radikalen, aber gleichzeitig auch der ihr von der Sprache gezogenen Grenzen, der ihr von der Sprache erschlossenen Möglichkeiten eingedenk bleibenden Individuation.« (Me 143)

Die Individuation erfolgt im schmerzlichen Bewußtsein der universalen Möglichkeiten, welche in der »langue«, der »Sprache schlechthin«, bereitliegen würden. Jedes Aussprechen bedeutet von vornherein einen Verzicht auf diese Totalität, die wir nur im Schweigen erfahren können. Der Laie stellt sich gerne vor, der Verzicht sei ein Anzeichen von Dilettantismus, je mehr man die Sprache beherrsche, desto kleiner werde das Reservat des Unsagbaren. Doch die meisten Stellungnahmen von Schriftstellern zu diesem Problem stimmen darin überein, daß es sich gerade umgekehrt verhält. Mit zunehmender Sprachvirtuosität wächst der Raum des Unsagbaren und wächst auch das Bewußtsein der Einschränkung durch die Individuation. Paul Celan hätte ganz bestimmt dem Abschnitt aus Max Frischs Roman *Stiller* beigepflichtet:

> »Schreiben ist nicht Kommunikation mit Lesern, auch nicht Kommunikation mit sich selbst, sondern Kommunikation mit dem Unaussprechlichen. Je genauer man sich auszusprechen vermöchte, um so reiner erschiene das Unaussprechliche, das heißt die Wirklichkeit, die den Schreiber bedrängt und bewegt. Wir haben die Sprache, um stumm zu werden.«[3]

In diesem Bekenntnis Frischs ist das Vertrauen in die Möglichkeit der Dichtung, etwas Unfaßbares zumindest sehr exakt auszusparen, noch unerschüttert. Celan hätte vermutlich hinzugefügt, daß die Magie der Reinheit des Unaussprechlichen im Schweigen so mächtig werden könne, daß sie den Dichter daran hindere, überhaupt noch Worte zu gebrauchen. Das ist auch der Grund, weshalb sich bei ihm mit wachsender Sprachperfektion eine immer stärker werdende Tendenz zur Sprachverstümmelung abzeichnet. Sein Werk nimmt, wenn man so sagen darf, den letzten Satz aus dem Passus von Frisch wörtlich. Unser Gedicht spricht freilich noch vom glücklichen Zustand vor der Individuation. Es kann mit dem Wort, »das treiben darf mit den Flocken«, nur das Engramm aus der »langue« meinen, das noch keine scharf umrissene semantische Gestalt angenommen hat.

Wie kommt es, linguistisch betrachtet, daß das Schweigen auf einen Meister des Wortes eine solche Faszinationskraft ausüben kann? Das Verb »schweigen« heißt bekanntlich nicht bloß »stumm sein«, sondern es klassifiziert das mit ihm verbundene Subjekt als eines, das normalerweise Laute von sich geben kann. Aus diesem Grund wird der Satz »Die Fische schweigen« als Metapher empfunden, dagegen nicht »Die Fische sind stumm«. Fische können unter keinen Umständen lautlich miteinander kommunizieren. Der Schweigende verzichtet bewußt auf die Aktualisierung der Sprache, weil er das Verschwiegene nicht sagen kann, darf oder will. Doch er verfügt so gut über die »langue« wie der Sprechende, nur kombiniert er nicht mit Lautsymbolen, sondern mit Engrammen. Es wäre viel zu einfach, zu behaupten, der Mensch denke in der Sprache, und alles, was sich der Formulierung entziehe, entbehre der gedanklichen Durchformung. Unser Denken spielt sich vielmehr in der ständigen Balance zwischen Zeichen und Inhalten ab. So erfahren wir, daß »Bedeutung« eine dynamische Wechselbeziehung ist zwischen »signifiant« und »signifié« und nicht eine statisch fixierte Abstraktion. Wir alle kennen die Hemmung, etwas auszudrücken, was uns im Kopf zusammenschießt, weil wir wissen, daß der Sinn, durch die Simultaneität der Engramme evoziert, in der diskursiven Syntax und infolge der verbalen Eindeutigkeit verlorenginge. Am besten gelänge die Verständigung, wenn wir die Engramme mittels elektrischer Impulse beim Partner zum Aufleuchten bringen könnten. Da das leider nicht möglich ist und da die lautliche Individuation immer nur ein verkümmertes Teilstück der gefühlten Ganzheit zu Tage fördert, verzichten wir auf das Sprechen und schweigen. Celan sagt:

»zu Häupten den Prunk des Verschwiegnen,
den Bettel der Worte zu Füßen« (S 13)

Die seltenen glücklichen Augenblicke, in denen die wortlose Kommunikation gelingt, bestätigen uns indessen, daß unser Schweigen nicht nur Stummheit ist, sondern beredt sein kann. Es ist tatsächlich möglich, gemeinsam über etwas zu schweigen, sofern eine seelische Übereinstimmung zweier Partner vorhanden ist. Wir teilen uns mit, ohne zu Worten Zuflucht nehmen zu müssen, und begnügen uns damit, von einem einzelnen ganz verstanden worden zu sein. Für den Dichter dagegen, der die Aktualisierung der Sprache zu seinem Beruf gemacht hat, gilt es, die Ganzheit des Engramms, die er innerhalb der »parole« preisgeben muß, auf künstlichem Weg zurückzugewinnen. Das ist einer der Gründe, weshalb er »uneigentlich« spricht, in Gleichnissen, Metaphern und Symbolen. Er möchte das Zeichen wieder in jenen Geheimniszustand versetzen, in dem es sich vor dem Aussprechen befand. Das heißt aber paradoxerweise, daß er in der Kunstform etwas zurückerobern muß, was er schon einmal besessen hat, nämlich im Schweigen. Von daher wird die Forderung Celans aus dem Motto unseres Kapitels noch verständlicher als bisher. Das dichterische Wort nimmt sich die Offenheit und Polyvalenz des gedachten Engramms zum Vorbild. Oder anders ausgedrückt: Es besitzt nur dann poetische Macht, wenn es jene Ganzheit der Kommunikation stiftet, die, im Ausnahmefall, unter Schweigenden möglich ist. Celan weiß, daß diese Forderung letztlich Utopie bleiben muß. Sein Gedicht kann sie nie ganz erfüllen, doch es entwirft sich darauf hin:

»Das absolute Gedicht – nein, das gibt es gewiß nicht, das kann es nicht geben!

Aber es gibt wohl, mit jedem wirklichen Gedicht, es gibt, mit dem

> anspruchslosesten Gedicht, diese unabweisbare Frage, diesen unerhörten Anspruch.« (Me 145)

Das absolute Gedicht, das wäre gleichsam der Schnee des Verschwiegenen selbst. Er ließe sich nicht be-greifen, er würde – wenn wir im Bild bleiben wollen – schmelzen, sobald man ihn in die Hand nähme. Er ist auf einen Träger, auf ein Gitter angewiesen, an dem er haften kann.
Halten wir fest: Das Wort, das treiben darf mit den Flocken, ist ein erschlossenes Engramm, das aus der »Sprache schlechthin« hinübergewechselt hat in die »spezifische langue« des Dichters, das aber weder lautlich noch inhaltlich fixiert ist. Als »spezifische langue« eines Menschen würden wir die Summe aller potentiellen Äußerungen bezeichnen, die seinem Wesen, seiner Eigenart gemäß sind. Wenn man von der »Sprache eines Dichters« spricht, meint man ja nicht nur seinen Stil, sondern auch den Spielraum dessen, was ihm zu sagen möglich ist. Das erschlossene Schweigen, in dem das Engramm seine Gestalt sucht, ist nicht mehr eine dumpfe, unstrukturierte Masse von Inhalten, es hat sich dank der seelischen Aktivität in der Inspiration aufgelöst in sternförmige Flocken, die ihrerseits auf der Suche nach einem Träger sind, nach einem Wortkern, um den sie sich ballen können. Erst diese gegenseitige Anziehung ermöglicht die Entstehung einer Chiffre, in der – um Goethes Definition des Symbols auf semantischer Ebene abzuwandeln – das Allgemeine, die traditionelle Wortbedeutung, mit dem Besonderen, der spezifischen Bedeutung des Dichters, verschmilzt. Das Wort drängt nicht nur zum Verschwiegenen, das Verschwiegene drängt auch zum Wort hin. Das Schneetreiben veranschaulicht die dynamische Wechselbeziehung zwischen »signifiant« und »signifié«, wobei beide Teile, Bedeutung und Bedeutungsträger, umstrukturiert werden.
Nehmen wir ein Beispiel für den komplexen Vorgang! Das Wort »Mandel« ist für Celan zu einem Schlüssel-Wort im Sinne unseres Gedichtes geworden. Die Art und Weise, wie der Dichter dieses Zeichen in seinem Werk verwendet, eröffnet uns einen Bedeutungsraum, der weit über seinen lexikalischen Inhalt hinausreicht und für den es keine andern Vokabeln gibt. Im Schlußgedicht des Bandes *Mohn und Gedächtnis* steht die Bitte oder Klage: »Mache mich bitter. / Zähle mich zu den Mandeln.« (M 76) Celan möchte nichts anderes sein als eine bittere Frucht am Baum des Lebens. Sein innerster Kern besteht aus Bitternis. Die Übertragung geht zurück auf den Geschmack der Mandel, der sich erst hinterher einstellt, nachdem man sie langsam zerkaut und verschluckt hat. Damit erweitert sich bereits der Assoziationskreis. Eine Existenz, deren Kern als Frucht genießbar ist, kann nur im Sinne eines

künstlerischen Daseins verstanden werden. Außerdem erinnert die ovale Form der Mandel an ein tränenförmiges Auge. Das Mandelauge ist das Auge des Juden, wie es an zahlreichen Stellen abgewandelt wird: das Mandelauge des Toten« (S 45), »mandeläugiger Schatten« (S 34), »...Mandelaug, kamst / durch alle die Wände« (A 84). Die Bitternis wird durch den formalen Aspekt der Mandel in jenen biographischen Zusammenhang gerückt, den wir bereits kennen. Jüdisches Schicksal klingt an im Namen Ossip Mandelstamm, dessen russische Verse Celan ins Deutsche übersetzt hat und dem der Band *Die Niemandsrose* gewidmet ist. Abkömmling einer Warschauer Judenfamilie, wurde Mandelstamm ein Opfer der Stalinschen Säuberungen und starb in der sibirischen Verbannung. Sein Name löst bei Celan eine Fülle neuer Mandel-Wortschöpfungen aus: »Mandelbaum«, »Bandelmaum«, »Mandeltraum«, »Trandelmaum«, »Machandelbaum« (N 27). Peter Horst Neumann, dem wir diesen Hinweis verdanken, schreibt über den Schüttelreim »Mandelbaum/Bandelmaum«:

> »Celans ›Ganovenweise‹ spricht von ›so vielen Untaten‹ [Zitat aus Brechts Gedicht ›An die Nachgeborenen‹], *indem* sie von einem Baum spricht: vom Mandelbaum, der ein Judenbaum ist. Ein spielerischer Buchstabentausch gibt ihm seine bittersten Früchte: sie baumeln, sie sind an seine Äste ›gebandelt‹, es ist der ›Bandelmaum‹, der ›Galgenbaum‹ (Sp 8).«[4]

Und schließlich erinnert der »Machandelbaum« an das Märchen der Gebrüder Grimm, in welchem der ahnungslose Vater sein eigenes Kind verspeist und wo die Knochen des Bruders von der Schwester unter den Machandelbaum getragen werden. Das ganze Geflecht dieser Assoziationen hängt an dem Wort »Mandel« und an seinen Komposita, so daß man für den jüdischen Dichter Celan den Vers aus Hofmannsthals *Ballade des äußeren Lebens*[5] abwandeln könnte: Und dennoch sagt der viel, der »Mandel« sagt. So wie sich uns die Bedeutungsvielfalt des Zeichens aus dem Werk erschließt, so hat sich seine Evidenz dem Dichter in seinem Innern erschlossen. Verschwiegenes ist ihm zugeschossen, das uns zwischen den Zeilen anweht. An ihm hat sich die in Vers 10 gemeinte Ballung vollzogen, die auch Gottfried Benn in seinem bekannten Gedicht *Ein Wort* geschildert hat:

> »Ein Wort, ein Satz –: aus Chiffren steigen
> erkanntes Leben, jäher Sinn,
> die Sonne steht, die Spären schweigen
> und alles ballt sich zu ihm hin.«[6]

Freilich müssen wir die Strophe in unserem Zusammenhang gleichsam von hinten lesen. Benn nimmt die Chiffre als Ausgangspunkt und schreibt über ihre eruptive Entfaltung in der Phantasie des Lesers. Celans Schlüsselgedicht hat die Chiffre zum Ziel, das »erkannte Leben« würde sich bei ihm auf den tot geglaubten Schnee beziehen, und das »alles ballt sich zu ihm hin« macht gerade ihre Entstehung aus. Dabei ist es wichtig, zu sehen, daß das Zeichen im Treiben der Assoziationen auch aufgelöst und bis zur Unkenntlichkeit deformiert werden kann, wie die Kette »Mandelstamm (Name des Dichters) – Mandelbaum – Bandelmaum« zeigt. Das letzte Wort entspricht dem Bedürfnis des Dichters nach einem Zeichen, in dem Laut und Sinn zusammenfallen.

Der Wandel, der sich am unscheinbaren Wort »Mandel« vollzogen hat und der bewirkt, daß es zum Pol eines Feldes neuer Vokabeln wird, läßt sich semantisch am ehesten mit dem Begriff der »Wort-Motivierung« erklären. Ferdinand de Saussure nannte das sprachliche Zeichen »arbitraire« (willkürlich, beliebig), was nicht etwa dahin zu verstehen ist, daß die Bezeichnung einer Sache von der freien Wahl des Sprechers abhänge, sondern daß das Verhältnis zwischen »signifiant« und »signifié« ein beliebiges, nicht logisch erklärbares sei. In der neueren Semantik spricht man von der »Unmotiviertheit« des Zeichens, was besagen soll: Es gibt keinen natürlichen Zusammenhang zwischen Name und Sinn. Sprachgeschichtlich ist »Mandel« zurückzuführen auf die althochdeutsche Vokabel »mandala«, die auf einer Entlehnung aus dem spätlateinischen »amandula« beruht. Doch eine logische Erklärung, weshalb gerade diese und keine andere Lautfolge die Frucht bezeichnet, gibt es nicht. Die Sprache ist kein präzis ausgeklügeltes System von Zeichen, die sich in genau gegeneinander abgegrenzte Bedeutungen teilen. Daher kommt es zum Beispiel, daß wir zu bestimmten Wörtern Dutzende von Synonymen vorfinden, zu anderen dagegen wenige oder gar keine. Rein ökonomisch betrachtet, präsentiert sich uns die Sprache in einem unvorteilhaften Zustand. Polysemie (ein Name, mehrere Sinne), Homonymie (gleichlautende Namen, verschiedene Sinne) und Synonymie (ein Sinn, verschiedene Namen) sind Erscheinungen, die ihren Ursprung in der Unmotiviertheit der Zeichen haben. Wenn der Franzose etwa ausruft: »La vie sacrée!«, wissen wir nicht, ob er das heilige oder das verfluchte Leben meine. Lesen wir denselben Satz aber bei einem Dichter, dann darf es keinen Zweifel geben: Er spricht von der untrennbaren Einheit des Heiligen und Verfluchten im Leben. Dichtung verlangt motivierte Zeichen, sie kann sich keine unbeabsichtigten Zweideutigkeiten leisten. Die Aufgabe des Dichters ist es, die

Mängel der Sprache zu beheben, indem er das Wort aus seiner Willkürlichkeit befreit und eine notwendige Beziehung zwischen »signifiant« und »signifié« herstellt. Ein typisches Beispiel dafür haben wir in der Winzer-Elegie angetroffen, wo das Verbum »herbsten« im Sinne von »Weinlese halten« und von »herbstlich werden« aufgefaßt werden kann. Betrachten wir noch einmal die Anfänge der beiden Strophen. In der ersten, »Sie herbsten den Wein ihrer Augen«, schließt der transitive Gebrauch des Verbums die Bisemie (Doppeldeutigkeit) aus. In der zweiten aber, »Sie herbsten, sie keltern den Wein«, erlaubt die Syntax, das Keltern des Weines sowohl als Präzisierung des Herbstens als auch als konsekutiven Satzteil zu interpretieren: Sie werden herbstlich, infolgedessen sind sie imstande, den Wein zu keltern. Die beiden Varianten sind nicht nur zulässig, der Vers würde durch die Eindeutigkeit an Gehalt verlieren. Er ist absichtlich so gebaut, daß die Bisemie legitimiert wird. In seiner Studie *Der Vers als Zeichen*, die zwei Zeilen aus Mallarmés Gedicht *Salut* zum Anlaß nimmt, schreibt Hans-Jost Frey:

> »Die Imperfektion der Sprache, bestimmt als das Fehlen einer wesentlichen Beziehung zwischen ›signifiant‹ und ›signifié‹, ist das, was den Vers nötig macht und ihn gleichzeitig ermöglicht. Gäbe es eine dem zu Sagenden adäquate Sprache, so gäbe es den Vers nicht [...]
> Der Vers existiert aufgrund des Mangels der Sprache. Er ist auf diesen Mangel angewiesen, weil seine Aufgabe darin besteht, ihn zu beheben.«[7]

Das »herbsten« läßt sich in der Elegie nicht beliebig auswechseln durch ein Synonym. Der Doppelsinn ist just auf dieses eine Zeichen angewiesen. Dieselbe notwendige Beziehung zwischen »signifiant« und »signifié« entsteht beim Symbol und bei der Chiffre, wobei der Unterschied nur ein gradueller sein dürfte. Sie erweist sich im Falle der Mandel-Wörter darin, daß zum Beispiel das »Mandelauge« nicht durch ein »Kirschenauge« ersetzt werden dürfte, weil damit der Aspekt des Tränenförmigen und die Assoziation an die Bitterkeit verlorengingen. Die Neuschöpfung »Bandelmaum« basiert auf einer phonetischen Motivierung. Die Absurdität eines Galgenbaumes, an dessen Ästen die ermordeten Juden »angebandelt« worden sind, findet ihre Entsprechung in der unsinnig erscheinenden Lautkombination. Wie bei allen Onomatopoetika fallen Laut und Sinn zusammen. Hans-Jost Frey sagt:

»In der notwendigen Beziehung ist das Zeichen an das Bezeichnete und das Bezeichnete an das Zeichen untrennbar gebunden.«[8]

Freilich muß man nun zwei Arten von Motivierung unterscheiden: eine innere und eine äußere oder eine primäre und eine sekundäre. Die Legitimation einer Bisemie und die Bildung von Onomatopoetika sind Beweise dafür, daß der Dichter seine Sprache beherrscht, daß er ihre Mängel durchschaut und bewußt auszunutzen versteht. Sie dokumentieren das handwerkliche Können. Wenn für Celan aber Wörter wie »Mandel«, »Stern« oder »Stein«, um nur drei aus seinem Gitter zu nennen, zu wesenhaften Chiffren werden, verdankt er dies nicht in erster Linie der Sprachvirtuosität, sondern der Fruchtbarkeit des Schweigens. Denn wenn es, wie Hans-Jost Frey schreibt, eine dem zu Sagenden adäquate Sprache gäbe, dann würde einerseits der Vers und andererseits das Schweigen überflüssig. Kunstsprache und Schweigen beheben beide auf ihre Weise die Mängel, von denen die Rede war. Im nicht aktualisierten Engramm ist die Willkürlichkeit des Zeichens aufgehoben, weil weder Laut noch Inhalt eindeutig fixiert sind. Symbol für das Zeichen und das Bezeichnete, kann es sich, je nachdem, welche Empfindungen den Dichter bewegen, jederzeit so strukturieren, daß die Beziehung zwischen »signifiant« und signifié« als notwendige erscheint. Im Augenblick, da dem schweigenden Celan das Wort »Mandel« aufgeht, hat sich die innere oder primäre Motivierung bereits vollzogen. Im zweiten Schritt geht es einzig darum, die notwendige Beziehung sprachlich zu realisieren. Davon zeugt das Kompositum »Mandelauge« oder das Motiv der Identifikation mit der Bitterkeit der Mandelkerne. Das erschwiegene Wort ist sowohl primär als auch sekundär motiviert. Das macht seine Evidenz aus.
Es ist kein Zufall, daß Celan und mit ihm viele andere Lyriker in Gedichtform vom Prozeß der inneren Motivierung sprechen. Denn letztlich entzieht sich dieses Problem allen linguistischen Annäherungsversuchen. Mit der Frage nach den Gesetzen des Wachstums dichterischer Sprache rühren wir an das Geheimnis der Poesie, das nur die Poesie selber, indem sie es als solches erscheinen läßt, »darstellen« kann. Die Hilfskonstruktionen mit ein paar Grundbegriffen aus der strukturellen Semantik können uns nicht weiterführen als bis zu dieser Grenze. Wir haben dieses Verfahren gewählt in der Hoffnung, Frischs Satz aus dem *Stiller* bewahrheite sich auch für die Interpretation: »Je genauer man sich auszusprechen vermöchte, um so reiner erschiene das Unaussprechliche...«[9] Das Schlüssel-Gedicht will die Frage nicht beantworten, es genügt ihm, sie in Form von Bildern eindringlich zu stellen.

Sogar Gottfried Benn, der mit allen Wassern gewaschene Sprachartist, setzt an entscheidender Stelle, dort nämlich, wo der Satz sich plötzlich als ein Muster von Chiffren erweist, einen Gedankenstrich. Sein Vers verschweigt, wie die Verwandlung vor sich gegangen ist. Und blicken wir zu Erika Burkart hinüber, zu einer Dichterin, deren große Stärke es ist, Geheimnisse so anzurühren, daß sie unangetastet bleiben, finden wir abermals auf das schönste bestätigt, daß es keine rationale Erklärung für die Ballung geben kann. Die erste Strophe aus ihrem Gedicht *Das Wort* lautet:

»Bevor es dir entfällt, laß du es fallen.
Es gräbt sich ein, sich rein zu ruhn.
Es wird sich lösen, wird sich ballen.
Ihm wird getan. Du sollst nichts tun.«[10]

Die Parallelen sind erstaunlich. Das Fallenlassen kommt dem Aufschließen, das Sich-Eingraben dem Eindringen in das offene Haus gleich. Die Ruhe und Reinheit in der Tiefe mahnt an die Stille des Schneetreibens. Auch hier geht die Auflösung des Wortes seiner Ballung voraus. Hingegen treffen wir bei Celan, wenn wir nun zu den Schlußversen der zweiten Strophe zurückkehren, noch ein neues Motiv an, das die passive Vorstellung Erika Burkarts dynamisiert:

»Je nach dem Wind, der dich fortstößt,
ballt um das Wort sich der Schnee.«

Mit der Anapher »Je nach dem Wind« knüpft Vers 9 an die erste Strophe an: »Je nach dem Blut, das dir quillt«. Wir haben früher für diesen Stilzug das Bild einer Spiralenbewegung gebraucht, in dem Sinne, daß jeder Kreis etwas bereits Bekanntes auf einer höheren Stufe wieder aufnehme und erweitere. So wie das Wechseln des Schlüssels vom Blut abhängt, das aus Auge, Mund oder Ohr quillt, so ist die Ballung des Wortes durch den »Wind« bedingt, durch seine Stärke oder die Richtung, aus der er weht. Der Zusatz, daß der Dichter fortgestoßen werde, läßt eher auf das erstere schließen. Die Inspiration, die der schmerzlichen Betroffenheit folgt, ermöglicht den Aufschluß sowohl des Verschwiegenen als auch der Sprache. Auf dieser Stufe löst sich das Wort aus seiner »Traditionsgebundenheit«, wie der Semantiker sagen würde. Es öffnet sich für eine Bedeutungserweiterung. Der Wind wirkt in entgegengesetzter Richtung, indem er dem Wort zu seiner Dichte verhilft. Ganz im Bilde bleibend, haben wir anfangs die Vermutung geäußert, die Flocken würden infolge der Zugluft aufgewirbelt. Indessen ist aus dem Lüftchen mittlerweile ein Sturm geworden, der so wuchtig durch den Raum fegt, daß er den Dichter mitzureißen vermag. Wohin er ihn trägt, wird nicht gesagt. Das Fortstoßen könnte sogar ein Umwerfen sein, wie auch der Blutverlust von einem Umgeworfensein zeugt. Der Wind hat somit nicht nur einen Einfluß auf die Sprache, er bewirkt eine existentielle Veränderung, und zwar eine grundlegende. Er gibt dem Dasein des Dichters einen neuen Impuls, eine neue Richtung. Wir können diese Stelle kaum verstehen, ohne den Wind in Verbindung zu bringen mit Celans zentralem Begriff der »Atemwende«. Dichte, geballte Sprache ist immer Wind- und Atemsprache, wie uns noch das Gedicht *Weggebeizt...* (A 27) zeigen wird. Die Chiffre, die zum Titel des sechsten Gedichtbandes geworden ist, wird von Celan bereits in der Büchner-Preis-Rede verwendet, im Anschluß an die Interpretation von Luciles Ausruf »Es lebe der König!« in *Dantons Tod*:

> »Sein [Büchners] ›Es lebe der König‹ ist kein Wort mehr, es ist ein furchtbares Verstummen, es verschlägt ihm – und auch uns – den Atem und das Wort.
> Dichtung: das kann eine Atemwende bedeuten.« (Me 141)

Etwas früher heißt es über dieses Wort:

> »Nach allen auf der Tribüne (es ist das Blutgerüst) gesprochenen Worten – welch ein Wort!
> Es ist das Gegenwort [...] es ist ein Akt der Freiheit. Es ist ein Schritt.« (Me 135)

Lucile sagt vor der Hinrichtung Dantons, da sie die Sinnlosigkeit der Revolution erkannt hat, genau das Gegenteil dessen, was sie fühlt. Sie fordert ja nicht die Rückkehr zum »Ancien régime«, sondern stellt die totale Absurdität der geschichtlichen Entwicklung fest. Kein Schreckenswort wie »fürchterlich«, »gräßlich« usw. hätte ihre Verzweiflung so grell auszudrucken vermocht wie das paradoxe »Es lebe der König!«. Lucile braucht im eigentlichen Sinn Gegen-Worte, Zeichen, deren semantische Quersumme das Gegenteil der einzelnen Bedeutungen ergibt. Es ist der Aufschrei einer Wahnsinnigen. Celan bringt die Stelle in Zusammenhang mit jener bereits zitierten aus dem *Lenz*, wo es heißt, es sei ihm, Lenz, manchmal nur unangenehm gewesen, daß er nicht auf dem Kopf gehen konnte. Der Kommentar des Büchner-Preis-Trägers ist uns in Erinnerung: Wer auf dem Kopf gehe, der habe den Himmel als Abgrund unter sich. Es ist der paradox Sprechende. Er sieht die Welt verkehrt, um ihren Unsinn in der absurden Vereinigung von Gegensätzen aufzuheben und zu ertragen.[11] Celan begründet die

Wahl des kopfstehenden Gegenwortes damit, es habe Büchner und seiner Lucile den Atem und das Wort verschlagen. Das jähe Entsetzen hat sie zum Verstummen gebracht. Nun wissen wir aber, daß das Verstummen bei Celan nicht Wortlosigkeit bedeutet – sonst hätte Lucile ja schweigen müssen –, sondern die Wende zum erschwiegenen Wort; und dieser Umschlag wird als Atemwende gekennzeichnet.
Im Schlüssel-Gedicht kündigt sie sich an im Wind, der den Dichter fortstößt. Wie so oft bei Celan sollte man auch an dieser Stelle die naheliegendste Assoziation nicht außer acht lassen: daß es einem im Sturm tatsächlich den Atem und die Sprache verschlagen kann. Zudem ist es einer der hübschen Zufälle, die wir der Unmotiviertheit der Zeichen verdanken, daß »winden« (wehen) und »winden« (sich drehen) lautlich zusammenfallen. Die Homonymie allein wäre noch kein Beweis dafür, daß der Wind mit der Wende zu tun hat, wenn Celan nicht ausdrücklich sagen würde, Dichtung könne eine Atemwende bedeuten, im doppelten Sinne von »heißen« und »auslösen«. Der Wind, der dem Dasein einen neuen Standort gibt, verheißt Dichtung, denn es ist der Schneewind, der das Verschwiegene zum Wort und das Wort unter die Flocken treibt. Celan wird vom schöpferischen Geist erfaßt. Und damit schließt sich der Kreis, den wir mit dem Stichwort »Inspiration« geschlagen haben. Das lateinische »in-spirare« (hineinblasen, einhauchen) basiert auf dem Stammwort »spirare« (hauchen, atmen, leben), und dieses wiederum läßt an »spiritus« denken. »Geist« wird im Alten Testament auch etwa mit »Gotteswind« übersetzt, vor allem in der Genesis. Zwar hat sich diese Version nicht halten können, wenngleich die bildhafte Vorstellung in Luthers Fassung »...und der Geist Gottes schwebte auf dem Wasser«[12] noch durchschimmert, daß der Zustand der gestaltlosen Schöpfung einer Ruhe vor dem Sturm geglichen habe. Dem Celanschen »Wind«, der über den Schnee hinwegfegt und somit das chaotische Schweigen für eine Schöpfung aus Worten aktiviert, können wir nur gerecht werden, wenn wir ihn auch als den lebensspendenden Hauch sehen, der den Dichter im Augenblick der Inspiration erfüllt. Das Finden des Schlüssels, das Aufschließen des Hauses, das ist gewissermaßen der persönliche Anteil des Schaffenden am kreativen Prozeß; den Geist kann er nicht regulieren, er kann sich ihm bloß öffnen. Offensein aber bedeutet Schmerzbetroffenheit bis zu dem Grade, wo das Dasein als Wunde erfahren wird, so daß Hören, Sehen und Sprechen einem Verbluten gleichkommen. Im Wind manifestiert sich die überpersönliche Schöpferkraft, die mächtiger ist als das Ich des Dichters, welches im Zeitpunkt der Atemwende, des Windumschlages sich auflöst und neu kristallisiert. Celan fühlt, daß ihn die Inspiration

trägt. Es verschlägt ihm nicht nur den Atem und das Wort, es verschlägt auch ihn selber, in eine unbekannte Richtung, in die das werdende Gedicht weist.

Wir haben in diesem Kapitel nur sehr am Rande von formalen Dingen gesprochen. Einmal deshalb, weil sich »Mit wechselndem Schlüssel«, was die Bauweise betrifft, kaum von den früher interpretierten Gedichten unterscheidet. Der daktylische Rhythmus, die fugische Komposition und die geschlossene Strophenform werden beibehalten. Wir hätten nur wiederholen können, was sich an der Winzer-Elegie gezeigt hat – etwa, daß sich die zweite Strophe in Form von Variationen zu den Themen der ersten entfaltet, daß jede neue Metapher mit einer bereits bekannten verschränkt wird, usw. Darüber hinaus gibt es aber auch einen inhaltlichen Grund für den Verzicht auf eine formale Analyse. Das Gedicht spricht am Modellfall des Einzelwortes vom Wachstumsprozeß der Chiffre vor der Aktualisierung der Sprache in der »parole«. Es klammert die Frage, wie die Zeichen miteinander verbunden werden müssen, damit der Schnee des Verschwiegenen haften bleibt, aus. Das ist das Vorrecht seiner Modellsituation. Es kümmert sich nicht um das »Hervorbringen« und kann folglich die formalen Konsequenzen aus der Forderung nach erschwiegenen Worten nicht an seiner eigenen Gestalt demonstrieren. Daß aber das immer paradoxer werdende Unterfangen, sprechend zu verstummen, daß der Anspruch des Gedichtes auf eine Kommunikation, wie sie im Grenzfall zwischen zwei Schweigenden möglich ist, solche Konsequenzen nach sich ziehen muß, liegt auf der Hand. Deutlich ablesbar wird der Einfluß der Sprachskepsis auf die Struktur der Verse im Band *Sprachgitter*, der die einschneidendste Zäsur in der formalen Entwicklung der Lyrik Paul Celans darstellt. Hier beginnt die allmähliche Auflösung der Elegie. Wir wollen indessen für unser letztes Kapitel ein Gedicht aus dem Buch *Atemwende* herausgreifen, denn es geht uns nicht darum, den Stilwandel der späten fünfziger und frühen sechziger Jahre schrittweise zu dokumentieren. Der elegischen Periode möchten wir einen Text gegenüberstellen, in dem der neue Ton bereits zur Selbstverständlichkeit geworden ist. Außerdem scheint uns die Schaffenszeit, in die der 1959 erschienene Band *Sprachgitter* fällt, durch das *Gespräch im Gebirg* genügend repräsentiert zu sein.

5 Der Atemkristall

»EIN DRÖHNEN: es ist
die Wahrheit selbst
unter die Menschen
getreten,
mitten ins
Metapherngestöber.« (A 85)

WEGGEBEIZT VOM
Strahlenwind deiner Sprache
das bunte Gerede des An-
erlebten – das hundert-
züngige Mein-
gedicht, das Genicht.

Aus-
gewirbelt,
frei
der Weg durch den menschen-
gestaltigen Schnee,
den Büßerschnee, zu
den gastlichen
Gletscherstuben und -tischen.

Tief
in der Zeitenschrunde,
beim
Wabeneis
wartet, ein Atemkristall,
dein unumstößliches
Zeugnis. (A 27)

Das Gedicht beschließt den ersten Teil des Bandes *Atemwende* aus dem Jahre 1967. Der Zyklus war bereits 1965 als bibliophiler Druck mit Radierungen von Gisèle Celan-Lestrange in Paris erschienen, und zwar unter dem bezeichnenden Titel *Atemkristall.* In dieser Doppelchiffre, die aus zwei Schlüsselwörtern gebildet ist und mit der das Gedicht in der dritten Strophe seinen Höhepunkt findet, vereinigen sich alle Vorstellungen Celans vom Wesen einer gültigen Sprache. Selten genug kommt es vor, daß der Dichter nicht bloß in Negationen und unter zweifelnden Vorbehalten von seiner Dichtung spricht, sondern sich zur Möglichkeit eines unumstößlichen Zeugnisses bekennt. Freilich steht der Glaube an die Wahrheit des Wortes nicht unangefochten da. Er muß sich durchkämpfen gegen die tief verwurzelte Skepsis allen verbalen Äußerungen gegenüber; eine Spannung, der die bisherige Gedichtform nicht mehr gewachsen ist. Schon allein an der Typographie läßt sich ablesen, wie das Schweigen gleichsam von den Rändern her in den geschlossenen Textblock einbricht, wie Zeilen und Wörter unter dem Druck des »unerhörten Anspruches« (Me 145) einer absoluten Poesie auseinanderbrechen. Mehr denn je bewahrheitet sich Celans Charakterisierung aus der Büchner-Preis-Rede, daß sich das Gedicht heute am Rande seiner selbst behaupte und sich aus seinem »Schon-nicht-mehr« in sein »Immer-noch« (Me 143) zurückrufe. *Weggebeizt...* und ähnliche Beispiele aus der *Atemwende* heben sich von der elegisch getönten Lyrik der Frühzeit ab und rücken, was die sprachliche Struktur betriff, in die Nähe der Prosadichtung »Gespräch im Gebirg«. Die Verwandtschaft beschränkt sich aber nicht nur auf das Formale. Vergleicht man die beiden landschaftlichen Szenerien miteinander, stellt man überraschende Affinitäten fest. Dort eine steinige Gebirgsgegend mit spärlichen Pflanzen, hier eine hoch gelegene Schneewüste. Die breite Straße, auf der die Begegnung der beiden Juden stattfindet, hat sich zu einem schmalen Pfad verengt. Er führt weiter als nur bis zum Bergsee, dessen Smaragdgrün vom Eiswasser milchig getrübt wird, hinauf windet er sich bis zu den Gletschern selbst. Hier wie dort tut sich am Ende der beschwerlichen Expedition die Erde auf und läßt die Wanderer in die Tiefe blicken. Beide Landschaften erweisen sich letztlich als Landschaften der Sprache. Während aber in der Prosa das Geschwätz der Geschwisterkinder die unter dem Schweigen des Steins verborgene und in der Gletschermilch verheißene Botschaft des lebendigen Wortes übertönt, ist der Dichter hier, zum Zeitpunkt der Atemwende, von allem Anfang an einer Sprache von elementarer Gewalt gewiß.

Die erste Strophe setzt, vergleichbar dem Motto, mit dröhnender Wucht ein. Man müßte das W beim Rezitieren lange zurückhalten und dann sofort die Stimme heben, um das Partizip explosiv hinauszuschleudern. Der Einsatz mit dem Mittelwort der Vergangenheit nimmt die Leistung des »Strahlenwindes« vorweg. Er bricht von außen herein, fegt gleichsam durch den Metaphernbestand der Celanschen Gedichte und löscht alles aus, was dem absoluten Anspruch seiner Sprache nicht standhält. »Beizen« ist ein Ausdruck aus der Jägersprache, er geht zurück auf »beißen machen«, »beißen lassen«. Ursprünglich bezog er sich auf die Hetzjagd mit Hunden, Falken oder Greifvögeln. Erst später kommt die Bedeutung »ausmerzen« hinzu. Flecken beizt man mit Hilfe von Säuren weg. Eine ähnlich ätzende Wirkung hat offenbar der Strahlenwind. Als bunte Kleckse auf dem reinen Weiß des Schweigens empfindet der Dichter der *Atemwende* seine eigenen, bilderreichen und wohllautenden Gedichte. Er mißtraut ihnen, verdächtigt sie sogar des Meineides. Was er geschaffen hat, ist »Metapherngestöber« (A 85), falsches Zeugnis im Sinne jener Äußerung aus der *Niemandsrose*: »...sie / logen unser Gewieher / um in eine / ihrer bebilderten Sprachen.« (N 11) Bunt und nichtssagend ist das Gerede der beiden jüdischen Gebirgswanderer. Aus dem Prosatext erfahren wir auch, was Celan unter dem »An-/erlebten« versteht. Der Schleier in den Augen des Betrachters verhüllt das Wesen der Dinge, er stößt nie zur objektiven Wahrnehmung und Erkenntnis vor. Die Umwelt liefert ihm nur abziehbare Bilder, und die dafür gefundenen Worte decken sich sowenig mit der Schöpfungssprache wie »Dianthus superbus« (G 34) mit der wirklichen Prachtnelke. Auf der Stufe von *Mohn und Gedächtnis* und *Von Schwelle zu Schwelle* gehört die Buntheit des Anerlebten zum Bereich des Sommers. Wie wir aus *Strähne* (S 16) wissen, meidet das erschwiegene Wort den von Augen »umsommerten« Dichter. Während aber das Er-lebte sich im Herbst verwandeln kann und seine Essenz im Gedächtnis gespeichert wird, bleibt das An-erlebte ganz an der Oberfläche. Es dringt nicht durch die Haut, weshalb das Gerede auch niemals die eindringliche Gültigkeit der Dichtung erlangt, so kunstvoll es arrangiert sein mag. Celan bezeichnet die lyrische Attrappe als »das hundert- / züngige Mein- / gedicht«. Hundertzüngig ist ein Vielfaches von doppelzüngig, und wer mit gespaltener Zunge redet, lügt bekanntlich. »Etwas mit tausend Zungen predigen« heißt: etwas dermaßen nachdrücklich und ausführlich darstellen, daß unter dem Nachdruck der Eindruck verlorengeht. Hundertzüngig spricht, wer keine einheitliche »lingua« besitzt, dessen Vokabeln beliebig austauschbar sind. Aber schon die eine, fleischliche Zunge als Sprechorgan ist für Celan, wie aus dem *Gespräch im Gebirg* hervorgeht, nicht mehr als ein notwendiges Übel. Sie, die nur »blöd gegen die Zähne stößt« (G 51–52),

fördert keine Wahrheit zutage, sondern lediglich Totgeburten aus Silben, Wortleichen.[1]
Das Motiv der Spaltung einer Sprache in viele Zungen geht zurück auf die Legende vom babylonischen Turm, wie sie von Martin Buber in den *Erzählungen der Chassidim* überliefert wird. Rabbi Pinchas wurde gefragt, wie es zu verstehen sei, daß die Menschen vor dem Turmbau eine einzige Sprache gehabt hätten und daß nach der von Gott gestifteten Verwirrung jedes Volk statt der gemeinsamen eine besondere Sprache gesprochen habe. Rabbi Pinchas erklärte, vor dem Turmbau hätten alle Völker die »heilige Sprache« besessen, daneben aber noch besondere Völkersprachen, nämlich »einige Reden«. In diesen verständigte sich jedes Volk in sich, in der heiligen Sprache verständigten sich die Völker untereinander. »Was Gott tat, als er sie strafte, war, daß er ihnen die heilige Sprache nahm. Das Gleichnis, das im übrigen nicht strapaziert werden soll, mag erhellen, in welcher Tradition bei Celan das »Gerede« steht. Er nennt das »bunte«, schillernde Wort, das im Gegensatz zum Schneewort nicht gewachsen, sondern nur aufgesetzt ist, auch »Tausendwort« (N 20); es kann alles oder nichts bedeuten, jede Tönung annehmen, besitzt also gerade nicht die Qualitäten der einmaligen, zwingenden Chiffre. Das »Mein- / gedicht«, aus solchen Vokabeln zusammengebastelt, bezeugt nichts, bekennt nicht Farbe, es ist lediglich eine beliebige Scheinschöpfung. Die Trennung des neu erfundenen Kompositums ist keine Marotte, denn die Silbe »mein« soll sowohl als Possessivpronomen verstanden werden als auch im Sinne des mittelhochdeutschen »mein«, das »falsch« heißt, »betrügerisch«. Celan bezichtigt sein eigenes Gedicht der falschen Aussage und verurteilt es zum nichtswürdigen Gebilde, zum »Genicht«. Er verfügt wohl über »einige Reden«, über die poetische Spezialistensprache, die von seinesgleichen verstanden wird, doch dieser Schatz zerfällt zum »Bettel der Worte« (S 13) unter dem Einfluß des Strahlenwindes.
Hier stellt sich konkret die Frage: Welche oder wessen Sprache meint das Gedicht mit der Chiffre des »Strahlenwindes«? Auf wen bezieht sich das »deiner« in Vers 2? Versteckt sich, wie so oft, der Dichter selber hinter dem Du, als einer, der die Atemwende vollzogen hat? Hält er Zwiesprache mit einem Toten, mit einer Geliebten? Oder erhofft er sich eine Art Pfingstwunder, indem er die Sprache Gottes beschwört? Wenn aber der Strahlenwind als »eigentliche« Ursprache »ohne Ich und ohne Du« (G 66), wie sie im Schweigen des Steins und im grünweißen Gletschersee erkannt wird, alles Metaphernwerk zerstört, wie kann sich dann das Gedicht, das auf das »uneigentliche« Sprechen angewiesen ist, als Kunstwerk behaupten? Ist es tatsächlich so, daß Celan seine

früheren »Fugen« verleugnet; glaubt er auf der Stufe der *Atemwende*, durch radikale Aufsplitterung der geschlossenen Form dem erschwiegenen Wort näherzukommen? Wo liegt die Grenze zwischen Gedicht und Genicht? Wir versuchen zunächst, über eine formale Analyse an diese Fragen heranzutreten.

Als erstes fällt auf, daß Celan den Gedichttitel wegläßt, obwohl sich das Schlüsselwort *Atemkristall* als Überschrift bestens geeignet hätte. Dieser Verzicht ist nicht neu, er hat sich seit den Bänden *Sprachgitter* und *Die Niemandsrose* immer entschiedener durchgesetzt. Celan eröffnet die erste Strophe mit einem in Majuskeln hervorgehobenen Stichwort oder Satzteil, der völlig in der Luft hängen kann, wie beispielsweise *Du, das...* (A 96). Er fällt sozusagen mit der Tür ins Haus. Wir werden unvorbereitet ins Gedicht hineingezogen, und dadurch verstärkt sich der Eindruck des Fragmentarischen. Die Texte stehen nicht mehr deutlich voneinander abgegrenzt da, sie erscheinen vielmehr wie Bruchstücke aus einem einzigen lyrischen Monstrum. Es ist ein ähnlicher Effekt, wie wenn ein Autor seine Erzählung mit »und« beginnen läßt und der Leser durch die Frage verunsichert wird: Woran knüpft sie an, was wird uns verschwiegen? Ein Buch wie *Atemwende* liest man nicht mehr als Sammlung, aus der man nach Belieben einige Stücke herauspflücken kann, sondern als fortlaufendes, durch die Zäsuren der Seiten unterbrochenes Gebilde. Vorweggenommen wurde diese Technik bereits in der *Engführung* (Sp 57), einem Langgedicht aus acht Blöcken, die mittels Sternchen voneinander abgehoben sind. Der Begriff bezeichnet in der Fugenkomposition bekanntlich das Auftreten eines Themas in weiteren Stimmen, bevor es in der ersten abgeschlossen worden ist. Früher konnte Celan sein Thema noch vorstellen: *Die Winzer, Mit wechselndem Schlüssel*. In der *Atemwende* läßt es sich aus der Engführung bestenfalls erraten. Das Gedicht soll den Weg zum Ziel selber freilegen. Am Anfang von *Weggebeizt...* darf noch nicht feststehen, ob der Atemkristall wirklich gefunden werde. Solche Offenheit und Unsicherheit gehört mit zur Thematik.

Unterstrichen wird diese Tendenz durch den partizipialen Einsatz von Vers 1 und durch die Brechung einer sinnmäßig zusammengehörigen Zeile. In einer Elegie hätte Celan zweifellos so begonnen:

> »Weggebeizt vom Strahlenwind deiner Sprache...«

Das Enjambement dagegen isoliert das Partizip, und ein herausgelöstes Mittelwort der Vergangenheit gehört zu denjenigen Verbalformen, die am meisten Fragen offenlassen. Wer hat weggebeizt, was wurde weggebeizt, wie, wann und wo? Das Subjekt stellt sich zwar im Verlauf der ersten Strophe ein, aber gleichsam auf Umwegen. Zuerst heißt es »das bunte Gerede des An- / erlebten«, dann folgt eine Korrektur in Form einer Apposition, »das hundert- / züngige Mein- / gedicht«. Aber auch diese Version ist noch nicht endgültig. Es bedarf einer Apposition zur Apposition, um den Satz zum Abschluß zu bringen: »Genicht«. Die Verschleierung des Subjektes ist ein Stilzug, den wir ebenfalls bereits in *Sprachgitter* antreffen. Da heißt es in *Heimkehr*:

»Darunter, geborgen
stülpt sich empor,
was den Augen so weh tut,
Hügel um Hügel,
unsichtbar.« (Sp 16)

Die Satzanalyse zeigt, daß das Subjekt, obwohl es in einem Relativsatz mit Subjekt-Funktion vorweggenommen wird, erst in der zweitletzten Zeile auftaucht, genaugenommen als Apposition zu »was«. Eine ganze Strophe lang wissen wir also nicht, was sich eigentlich emporstülpt, beziehungsweise was weggebeizt wird. Wir sind es vom Deutschen her, das den synthetischen Typus der Syntax bevorzugt, zwar gewohnt, daß die Glieder nicht wie im Französischen in der logischen Reihenfolge ihrer Wichtigkeit gesetzt werden, und wir fragen erst am Schluß nach dem Sinn, wenn wir den Satz als Ganzes überblicken. Eben deshalb verlangt der synthetische Typus, daß man den Einzelteilen syntaktisch kein zu großes Gewicht beimißt, weil sonst die Mechanik zu klappern beginnt. In der Prosa bereitet uns dieses Problem kaum Mühe. Lyrische Verse vertragen in der Regel einen überdeutlich in Erscheinung tretenden Satzbau schlecht. Kein Lyriker, der es auf die Insinuation des Inhaltes abgesehen hätte, würde es wagen, seine Sätze dergestalt zu verstümmeln wie Celan.

Betrachten wir das typographische Bild des Gedichtes, insbesondere der ersten Strophe, fällt uns das Wort aus der *Niemandsrose* ein: »Ihr meine mit mir ver- / krüppelnden Worte, ihr / meine geraden.« (N 35) Die daktylisch gegliederten Langzeilen sind gänzlich verschwunden, an ihre Stelle ist der Kurzvers getreten und das Prinzip der übertriebenen Segmentation, welches den Prosastil Celans im *Gespräch im Gebirg* kennzeichnet. Wir haben festgestellt, daß der Duktus dieser Sprache das gebrochene Verhältnis des Dichters zu ihr verkörpere. Auf Präzisierungen und paradoxe Ergänzungen angewiesen, stellt sie sich fortlaufend selber in Frage und betont ihre Unzulänglichkeit. Entscheidend ist nun der Unterschied, daß die Segmentation in der Lyrik viel stärker ins Gewicht fällt als in der Prosa, weil die Zeilensprünge zusätzliche Zäsuren bilden. Die Gedichte wirken zerhackt, beinahe hingestottert. Der Leser, der noch den Wohlklang der Elegien im Ohr hat, stolpert. Sobald die Glieder eines synthetischen Satzes durch Zäsuren voneinander abgespalten werden, die sogar mitten durch einzelne Wörter führen können, zerfällt die Strophe in scheinbar sinnlos in der Luft hängende Einheiten. Der Zusammenhang muß konstruiert werden, wie man ein Porträt aus den zerschnittenen Teilen eines Fotos wiederherstellt. Werfen wir nur einen Blick auf die Zeilenenden der ersten Strophe! Einzig Vers 2 und 6 finden einen sinngemäßen Abschluß, und nicht zufällig stehen an diesen markanten Stellen die beiden Wörter, welche die Thematik des Gedichtes eingrenzen: »Sprache« und »Genicht«. Alle übrigen Zeilen münden in ein Enjambement, drei davon enden mit einem getrennten Wort, als wäre der Sprachkörper hier in die Brüche gegangen.

Oft wird die Segmentation so weit getrieben, daß sich Celan der bloßen Addition von Wörtern nähert. Der Anfang von *Windgerecht* lautet: »Tafelwand, grau, mit dem Nachtfries. / Felder, windgerecht, Raute bei Raute, / schriftleer.« (Sp 30) Oder im Titelgedicht *Sprachgitter* heißt es: »Iris, Schwimmerin, traumlos und trüb: / der Himmel, herzgrau, muß nah sein.« (Sp 28) Fast nach jedem Wort ein Satzzeichen oder ein Versbruch. Mit letzter Konsequenz werden in diesen Beispielen die Attribute nachgestellt. Eine Technik, die an die archaische Bauweise von Volksliedern erinnert und uns ebenfalls aus dem *Gespräch im Gebirg* vertraut ist. Der Inhalt des Nomens wird bloß noch korrigiert, nicht zum voraus bestimmt. Eines ist klar: Dieser mit der Sprechweise eines Stammlers vergleichbare Duktus ist nicht dazu geeignet, lyrische Stimmung aufkommen zu lassen. Der Leser wird vielmehr zur Reflexion über das zerstörte oder zumindest gefährdete Sprachmaterial gezwungen. Celan hat das Vertrauen in die große Gebärde des Satzes verloren und verspricht sich Genauigkeit oder Wahrhaftigkeit nur noch von seinem Vorgehen, Wort für Wort, Silbe für Silbe mit offenen Fugen aneinanderzureihen:

»Heimgeführt Silbe um Silbe, verteilt
auf die tagblinden Würfel, nach denen
die spielende Hand greift, groß
im Erwachen.« (Sp 17)

Der Dichter mahnt uns an einen verirrten Autofahrer, der, nachdem er die Straße einmal verfehlt hat, Abzweigung um Abzweigung im Schrittempo passiert, wobei er nicht mehr die Landschaft, sondern nur noch den Weg sieht.

Daß die Segmentation sogar vor dem einzelnen Wort nicht haltmacht, dafür ist *Weggebeizt...* ein treffendes Beispiel. Celan arbeitet mit den kleinsten semantischen Einheiten. Die Vorsilbe »An-« in Vers 3 erhält durch die Abspaltung ein besonderes Gewicht, eine autonome Bedeutung. Der Leser fragt einen Augenblick lang irritiert: Was heißt das nun, »das bunte Gerede des An-«, bis er merkt, worauf der Dichter hinauswill. Zeigen will er, wie uneinheitlich, brüchig und zerfallsbedroht das »An- / erlebte« ist, das niemals die Intensität eines wirklichen Er-lebnisses erreicht und schon gar nicht ins Gedächtnis eingeht. Dasselbe gilt für »hundert- / züngig«. Das in hundert Zungen redende Gedicht besitzt keine ganzheitliche Sprache, es zerfällt in lauter Versatzstücke. Daß die Glieder der zerlegten Vokabeln jeweils auf verschiedenen Zeilen stehen, verschärft einerseits die Trennung, beschleunigt andererseits aber auch die Verschmelzung. Das Enjambement hat in der Lyrik die Funktion, den oberen Vers an den unteren zu binden. Man wird somit nicht behaupten können, Celan habe es nur darauf abgesehen, den Zerfall seiner Sprache am einzelnen Lautkörper darzustellen, sowenig es stimmt, daß seine Sätze nur noch elliptische Konstruktionen seien. Mit dem Wort-Enjambement wird außerdem der semantische Spielraum erweitert. Oft gelingen ihm sogar neue Formen von Oxymora. Die Silben »an-« und »er-« widersprechen sich gewissermaßen. An-gelebtes ist – im Gegensatz zum Erlebten – nicht zur persönlichen Erfahrung geworden. Ein Wort wie »Aschen-/glorie« (A 68) gehört eindeutig in die Reihe der paradoxen Komposita. Dagegen ist im Beispiel »...ab- / getrennt, du« (A 48) klar, daß die optische Trennung die inhaltliche unterstreicht. In anderen Fällen will die Zerlegung darauf hinweisen, wie ungewöhnlich die Zusammensetzung ist: »sprach- / pockiger« (A 66), »Augenschlitz-Krypta« (A 61), »Kometen- / brauen« (A 32). Die Chiffre stellt sich nicht als Produkt, sondern im Prozeß ihres Entstehens dar. Das Konstruktionsprinzip wird sichtbar gemacht. Der Leser soll erschrecken über die große Kluft zwischen den Elementen. Daneben schöpft Celan auch die Möglichkeiten der Wortellipse aus. In *Benedicta* wird das Partizip »gebenedeiet« in der letzten Strophe auf seine Vorsilbe reduziert, welche zugleich zu den Partizipien von »trinken« und »segnen« gehört: »Ge- / trunken, / Ge- / segnet.« (N 47) Mit jedem »Ge-« wird die Lobpreisung von neuem in ihrer Unaussprechbarkeit erfahren. Weiter läßt sich wohl die Aufsplitterung nicht treiben, sonst endet das Gedicht in einem Trümmerhaufen von Lauten, wie es am Schluß von *Keine Sandkunst mehr...* der Fall ist: »Tiefimschnee, / Iefimnee, / I-i-e.« (A 35) Durch die Einengung der Optik vom Satzganzen auf das Silbenbruchstück verliert die poetische

Vokabel ihre Selbstverständlichkeit und wird zu einem gespenstischen Fragezeichen. Es ist ein ähnlicher Effekt, wie wenn man durch die Lupe ein Stück Haut an einem Finger betrachtet und über den Rillen vergißt, daß sie ein Bestandteil des Körpers ist. Nicht nur dem Modellcharakter zuliebe hat Celan den semantischen Wandlungsprozeß im Schlüssel-Gedicht am Einzelwort dargestellt. Die Konzentration auf die kleinsten Einheiten der Sprache erweist sich in der Folge als neues Stilprinzip. Das Wort erfährt am eigenen Leib, wovon es spricht.
Erstaunlicherweise bleibt das metrische Schema trotz des Verzichtes auf Langzeilen in vielen Gedichten unzerstört. *Weggebeizt...* läßt sich ohne weiteres in Daktylen und Trochäen aufgliedern:

»WEGGE- / BEIZT vom /
Strahlen- / wind deiner / Sprache
das / bunte Ge- / rede des / An-
er- / lebten – das / hundert- /
züngige / Mein-
ge- / dicht, das Ge- / nicht.«

Doch ist mit dieser metrischen Aufteilung nichts gewonnen, denn die abrupten Zeilensprünge lassen niemals jenen walzerähnlichen Rhythmus aufkommen, welcher den Leser der Elegien in Bann zieht und ihm den Eindruck vermittelt, er kreise ständig um einen imaginären Mittelpunkt des Gedichtes. Das hängt damit zusammen, daß die einzelnen Chiffren viel isolierter dastehen als früher. Rückgriffe auf bereits Gesagtes und metaphorische Verflechtungen über die Strophen hinaus sind selten. Auf Stilmittel romantischer Herkunft wie Alliterationen und Assonanzen wird weitgehend verzichtet. Anaphorische und assoziative Wiederholungen bleiben Ausnahmefälle. Einzig »Büßerschnee« und »Genicht« korrespondieren mit Chiffren, von denen sie sich herleiten. An die Stelle der klangvollen Genitivmetaphern – »Blumen der Zeit«, »Halme der Schwermut« (M 9) – sind die schrofferen Komposita getreten. »Strahlenwind deiner Sprache« mutet wie ein Relikt an. Vergleichen wir die tonangebenden Substantive mit dem Wortschatz aus *Umsonst...*, fällt auf, daß die Zusammensetzungen die schlichten Hauptwörter vom Typus »Herz«, »Schloß«, »Baum« verdrängt haben: »Strahlenwind«, »Mein- / gedicht«, »Büßerschnee«, »Gletscherstuben«, »Zeitenschrunde«, »Wabeneis«, »Atemkristall«. Diese konzentrierten Chiffren bringen eine gewisse Statik und Härte ins Gedicht und lassen keinen Schmelz aufkommen. Unterstützt wird die Statik durch den sparsamen Gebrauch von Verben. In jeder Strophe kommt nur eines vor, und zwei davon sind überdies Partizipialkonstruktionen, sozusagen erstarrte Tätigkeiten. So gerät der Rhythmus immer wieder ins Stocken, der daktylische Schwung wird gebrochen. Wir haben es mit einem zerhackten Nominalstil zu tun, der dafür verantwortlich ist, daß das Gedicht eine eisige Kälte ausstrahlt und der Leser nie richtig »einschwingen« kann. In der *Atemwende* häufen sich die dreigliedrigen Komposita: »Augenschlitz-Krypta« (A 61), »Schneewimperschatten« (A 57), »Herzschattenseil« (A 81), »Schweige- / Jahrtausend« (A 57). Was Celan früher gleichsam lyrisch ausgeschrieben hat, wird nun in komprimierter Form wiedergegeben. Eine Zeile wie »Sie herbsten den Wein ihrer Augen« (S 64) würde in der Periode des Spätwerks reduziert auf die Formel »ihr Augenweinherbst«. »Schwarze Milch der Frühe« (M 37) könnte »Frühmilchschwärze« heißen, »Halme der Schwermut« wären »Schwermutshalme« usw.

Fassen wir alle diese Stilzüge zusammen – Verzicht auf den Titel, starke Segmentation in der Syntax, zerhackte Kurzverse, Wort-Aufsplitterung und Wort-Enjambement, Ambivalenz einzelner Silben, stockender Rhythmus und Hypertrophie der Nominalkomposita–, so beginnt sich abzuzeichnen, was Celan vom beizenden Strahlenwind erwartet und welche Art poetischen Sprechens er in der *Atemwende* ausgemerzt haben möchte. An die Stelle der abgerundeten, melodischen und schwer mit Bildern befrachteten elegischen Verse soll das offene, zerstückelte und asketische Gedicht treten, das fragmentarischen Charakter hat, und zwar nicht im Sinne von »unfertig«, sondern von »unvollendbar«. Der Dichter zieht die Konsequenzen aus der Forderung nach erschwiegenen Worten, indem er versucht, dem Unausgesprochenen mehr Raum zu verschaffen. Je geballter das Schneewort, je konzentrierter die Chiffre, desto größer scheinen die Abstände von Zeichen zu Zeichen zu werden. Da gibt es kein tänzerisches Dahingleiten mehr, da wird man nicht mehr vom Melos getragen, man muß gleichsam von Scholle zu Scholle springen. Celan schaltet die Zwischenglieder aus, welche die Metaphern untereinander verbunden haben – wie etwa im Winzer-Gedicht das Wort »Mauer«, das die Brücke schlägt zwischen »Nacht« und »Stein« (S 64) –, und verhindert auch damit den rhythmischen Fluß. Man kann den Begriff der »Engführung« (Sp 57) aus der Fugenkomposition auch wörtlich nehmen und so verstehen, daß die mehrgliedrigen Komposita immer enger zusammenrücken und sich gegenseitig immer stärker isolieren, weil die verbindende Dynamik des Verbums fehlt. Gefördert wird die Isolation natürlich vor allem durch die Segmentation in der Syntax. Je mehr ein Wort aus der semantischen Kongruenz eines Satzes herausgelöst wird, desto größer seine Evokationskraft. Kommt die Silbenspaltung hinzu, konzentriert sich die

Aufmerksamkeit erst recht auf das Zeichen als lexikalische Einheit. In der Tendenz zur Schwerpunktbildung durch Komposita verrät sich aber auch das Bedürfnis nach Verknappung der Sprache. Die »Wortaufschüttung« (A 25) zeugt im Grunde von einem tiefen Mißtrauen Celans gegenüber seinen bewährten Stilfiguren. Aus einer Genitivmetapher geht immer noch eindeutig hervor, welcher Teil der vergleichende und welcher der verglichene ist. Das zusammengeschmolzene Doppelwort verwischt die Konstellation, zumindest für Leser, welche über den Unterschied von »determinierend« und »determiniert« nicht genau im Bilde sind. Sie werden zum Beispiel zu »Strahlenwind« auch »Windstrahl« assoziieren. Öffnung des Gedichtes durch Reduktion, das ist das eine Hauptmerkmal des neuen Stils, beginnend beim Verzicht auf den Titel und endend bei der Auftrennung des Wortes. Als zweites gelingt es Celan, die Paradoxie aus dem *Gespräch im Gebirg* auf die Lyrik zu übertragen, so daß das Gedicht in seiner Existenz als Kunstwerk – nicht nur in einzelnen Oxymora – widersprüchlich erscheint. Es versucht mit allen Mitteln, seine lyrischen Qualitäten zu leugnen. Obwohl der Dichter weiß, daß er dadurch die Einheitlichkeit der Stimmung gefährdet, verstümmelt er seine Sätze mit übertriebener Segmentation. Man könnte so weit gehen und sagen: Eigentlich steckt Celan eine archaische Prosa in das zerrissene Gewand seiner Strophen. Das ist, von der Idee des Lyrischen her gesehen, paradox. Ähnlich verhält es sich mit dem Widerspruch zwischen Rhythmus und Takt. Zwar wird das metrische Schema der Langzeilen aufrechterhalten, doch richtet es sich weder nach den Fugen der Syntax noch nach denjenigen der Verse, sondern legt sich als willkürlicher Raster über das Gedicht. Die schwerfälligen Komposita mit ihren doppelten Wortakzenten lassen sich scheinbar leicht dem trochäischen und daktylischen Muster unterordnen. Beim Vortrag aber zeigt sich, daß die Hebungen sehr kräftig, die unbetonten Silben dagegen meistens zu schwach ausfallen oder ihrerseits zu Hebungen umfunktioniert werden. Das Partizip »weggebeizt« wird natürlich nicht alternierend gelesen, sondern der Tonfall bleibt über drei Silben hinweg gehoben, so daß vor der Präposition »vom« eine starke Zäsur entsteht. Eine gewisse Spannung zwischen Takt und Rhythmus ist vonnöten, damit das Klappern der Verse vermieden wird. Doch hier fällt der Unterschied zu groß aus. Der gesamte Rhythmus stellt das Metrum in Frage. Paradox wirkt ferner die Art, wie Celan seine Komposita einsetzt. Einerseits zeugen sie vom konstruktiven Willen zur Verknappung und Verdichtung der Sprache, andererseits betonen der Trennungstrich und das Wort-Enjambement das Unvereinbare der einzelnen Glieder. Die Doppelchiffre entsteht und zerfällt sozusagen im selben Augenblick.

Aus der Analyse dürfte klargeworden sein, daß mit dem »Strahlenwind« nicht die Sprache des vorliegenden Gedichtes gemeint sein kann, noch irgendeine für Celan erreichbare Form des poetischen Sprechens. Aber die Verse von *Weggebeizt...* stehen unter dem Einfluß einer sowohl zerstörerischen als auch schöpferischen Sprachgewalt. An ihnen vollzieht sich der in der ersten Strophe beschriebene Prozeß, den wir bei der Interpretation des Paradoxons in der Prosa mit Celans Formel umschrieben haben:

»Eins und Unendlich,
vernichtet,
ichten.« (A 103)

Unser Fragment gehorcht demselben Gesetz, denn es will in zerbrochenen Worten und Zeilen vom Geist einer vollkommenen Ursprache zeugen. Gerade weil es diesen Anspruch erhebt, muß es dürftig erscheinen. Es präsentiert sich in einer eigentümlichen Zwitterform, in der Schwebe zwischen Ge-dicht und Ge-nicht. Der Vorgang des Ichtens (zu etwas machen) scheint eben erst eingesetzt zu haben.[3] Auch das *Gespräch im Gebirg* kann die utopische Ursprache nicht abbilden, sondern lediglich den Weg darstellen, der in ihre Nähe führt. Doch ebenso falsch wie die Identifikation der Form mit dem Geist, aus dem sie entstanden ist, wäre der Glaube, Celan verurteile seine früheren Arbeiten samt und sonders zu »Mein- / gedichten«. Auch in den Augen des Büchner-Preis-Trägers behalten *Die Winzer* ihre Gültigkeit. Der selbstkritische Lyriker sagt ja nicht: Ich hätte das Gedicht vor zehn Jahren niemals so schreiben dürfen. Er sagt: Heute würde ich es nicht mehr so schreiben. Die elegischen Verse sind nicht weniger dicht als die bruchstückhaften der *Atemwende*, aber sie stehen noch in einem anderen Verhältnis zum Verschwiegenen, indem sie es mit großer Eindringlichkeit umwerben und mehr besingen als erleiden. Nun ist die Sprachskepsis so akut geworden, daß sie sich aus der Thematik in die Form durchgefressen hat.
Während die erste Strophe ganz vom Gegensatz »Strahlenwind / Gerede« beherrscht wird, versucht die zweite, den Weg des Dichters nach der Atemwende zu verfolgen. Wir lesen richtig, wenn wir die Vorsilbe »Aus-« zunächst einmal auf das Vorhergehende beziehen. Aus ist es mit dem falschen Zeugnis, aus mit der bunten Bildersprache des Anerlebten, weggefegt wurde das metaphorische Beiwerk. Auf dem Nullpunkt der Vernichtung angelangt, fängt sich das Gedicht zögernd wieder auf. Es muß gleichsam durch den Engpaß der ersten drei Zeilen, die typographisch so angeordnet sind, daß »frei« dieselbe Position einnimmt

wie »Aus-«. Diesen Akt der sprachlichen Freisetzung hat Celan in der Büchner-Preis-Rede anvisiert:

»Die Kunst erweitern?
Nein. Sondern geh mit der Kunst in deine allereigenste Enge.
Und setze dich frei.« (Me 146)

Was mit der »allereigensten Enge« gemeint ist, zeigt uns die Landschaft in der zweiten Strophe. Der ausgewirbelte Weg führt durch den Schnee, und zwar durch einen »menschen- / gestaltigen« Schnee, den der Autor auch »Büßerschnee« nennt. Peter Horst Neumann erwähnt in seiner Interpretation von *Weggebeizt*... die Möglichkeit, daß die im Schnee des Schweigens Stehenden für ihre voreilige Bildersprache zu büßen haben könnten.[4] Dann würde sich aber die Frage aufdrängen: Wer sind die Schuldigen? Sind es auch Dichter, womöglich jüdische? Celan dürfte sich kaum ermächtigt gefühlt haben, andern eine Buße aufzuerlegen. Naheliegender scheint es, den Schnee auf jene zu beziehen, die für etwas büßen mußten ohne eigene Schuld. Dafür spricht das zweigeteilte Adjektiv »menschen- / gestaltig«. Die Gestalt des Menschen ist in diesem Schnee erkennbar, aber als zerbrochene. Im Band *Sprachgitter* gibt es eine Winterlandschaft, die in unseren Zusammenhang gehört, im Gedicht *Heimkehr*:

»Schneefall, dichter und dichter,
taubenfarben, wie gestern,
Schneefall, als schliefst du auch jetzt noch.

Weithin gelagertes Weiß.
Darüberhin, endlos,
die Schlittenspur des Verlornen.

Darunter, geborgen,
stülpt sich empor,
was den Augen so weh tut,
Hügel um Hügel,
unsichtbar.

Auf jedem,
heimgeholt in sein Heute,
ein ins Stumme entglittenes Ich:
hölzern, ein Pflock.

Dort: ein Gefühl,
vom Eiswind herübergeweht,

das sein tauben-, sein schnee-
farbenes Fahnentuch festmacht.« (Sp 16)

Auch hier ist ein weiter Weg mit einer schweren Bürde zurückgelegt worden, erkennbar an der Schlittenspur. Der Dichter spürt am Schmerz in den Augen, was sich unter der Decke seines Schweigens emporstülpt: Es sind die Grabhügel der Toten, der Ermordeten. Ihr Schicksal ist schuld daran, daß es ihm die Sprache verschlagen hat. Man vergleiche dieses Motiv mit den blutenden Augen im Schlüssel-Gedicht und dem Augenwein in *Die Winzer*. Geblendet vom Schmerz sieht sich der Dichter einer tödlichen Kälte ausgesetzt. Das »ins Stumme entglittene Ich« hat eine doppelte Bedeutung, indem es auf der einen Seite den Toten bezeichnet, der im hölzernen Pflock, im Schandpfahl, sein gräßliches Denkmal gefunden hat, andererseits aber auch für den Dichter selber steht, weil er jeden dieser Tode mitzusterben verdammt ist und dafür keine Worte findet. Trotzdem drängt das stumme Ich nach Vergegenwärtigung in der Sprache. »Je nach dem Wind, der dich fortstößt«, heißt es im Schlüssel-Gedicht, könne Dichtung nachwachsen. *Heimkehr* nimmt diesen Faden wieder auf: Der Eiswind weht ein Gefühl herüber als erstes Zeichen seelischer Aktivität. Und das Fahnentuch am Pflock, das die Farbe des Schweigens trägt, läßt keinen Zweifel darüber offen, worauf es sich bezieht. Es ist ein Symbol der Trauer um das Verlorene, der Erinnerung und des Gedenkens, das zum Gedächtnis wird – entfernt vergleichbar dem Banner, das der Herzog der Stille den Scharen vorausträgt in *Umsonst*.... Die Landschaft ist gesättigt von allem Grauenhaften der jüdischen Vergangenheit. In diesem Sinne dürfte auch der »Büßerschnee« aufzufassen sein, als aschenhafter Niederschlag sinnlos zerstörten Lebens im Gemüt des Dichters.

»Alle die Namen, alle die mit-
verbrannten
Namen. Soviel
zu segnende Asche. Soviel
gewonnenes Land« (N 25)

Asche wird im Volksmund ab und zu »schwarzer Schnee« genannt, eine Umschreibung, die in ihrer Paradoxie an die »Schwarze Milch der Frühe« (M 37) erinnert, den Celanschen Todestrunk. Die Asche der verbrannten Juden hat den Schnee geschwärzt. Celan betrachtet es als seine Pflicht, sie zu »segnen«, ihr Gefäße zu töpfern.[5] So wird es für ihn zur Selbstverständlichkeit, daß der Weg seiner Dichtung mitten durch diesen Hades führt, wo ihm das Schicksal von Tausenden, die für den verbrecherischen Wahnsinn Einzelner büßen mußten, gegenwärtig ist. Aber das Totengedächtnis ist eine Last, welche Celans Sprache immer wieder zu verschütten droht.

Deshalb muß das Wort »frei« eine Schlüsselposition einnehmen und in Vers 9 frei stehen, ohne Nachbarwörter. Es besagt allerdings nicht, der Büßerschnee sei endgültig beseitigt. Der Pfad ist schmal, und die Gefahr des Erstickens in der Asche, was einem totalen Verstummen gleichkäme, keineswegs gebannt. Doch hier gelingt der Vorstoß zu den »Gletscherstuben und -tischen«, die wider Erwarten »gastlich« genannt werden. Gastlichkeit läßt die Gegend rund um den Bergsee im *Gespräch im Gebirg* eindeutig vermissen, sie ist eher unwirtlich und bedrohlich. Die Erde hat sich zwar dreimal gefaltet und aufgetan, doch sie gewährt dem jüdischen Wanderer keinen Einlaß: »...denn, frag ich, für wen ist sie denn gedacht, die Erde, nicht für dich, sag ich, ist sie gedacht und nicht für mich...« (G 64–66). Entsprechend bleibt auch die im Gleichnis des grünweißen Wassers gespiegelte Sprache, die als gültige erkannt wird, ohne Du und läßt keinen Menschen an ihr teilhaben. Diese Entfremdung von der Natur und vom schöpferischen Urwort wird in *Weggebeizt...* überwunden. Schon im Eingangsgedicht des Bandes *Atemwende*, in den allerersten Versen, nimmt Celan das winterliche Gast-Motiv vorweg:

»DU DARFST mich getrost
mit Schnee bewirten« (A 7)

Wer immer mit dem Du gemeint sein mag, die Bewirtung mit Schnee ist ein Zeichen dafür, daß der Winter auch eine bergende Funktion haben kann und nicht nur tödliche Erstarrung bringt. Das Kompositum »Gletscherstube« verkoppelt einmal mehr Gegensätzliches zu einer paradoxen Einheit. Während die Stube einen warmen und wohnlichen Raum in Erinnerung ruft, evoziert der Gletscher eine Welt voller Gefahren. Diese Ambivalenz ist wichtig, denn was in den Höhlen bereitliegt, kann nicht ohne Risiko geborgen werden. Außer in der Prosadichtung kommt die Chiffre des Gletschers vor der *Atemwende* nur noch einmal vor, in »Nächtlich geschürzt«. Dort berichtet Celan von einer Hochgebirgsgegend mit rastenden Gefährten, die eine Schuld abzutragen haben. Indessen vertrauen sie ihre Bürde einem Wort an, »das zu Unrecht besteht, wie der Sommer« (S 49), also nicht dem erschwiegenen Schneewort. Auf der Stufe des Bandes *Von Schwelle zu Schwelle* ist das Vordringen in die Gletscherspalten für Celan noch gar nicht denkbar, er ahnt erst, wie zentral die Eis-Chiffre für sein Werk werden wird, und läßt seine Wanderer die dünne Höhenluft atmen. Sie finden

noch keinen Eingang zu den erstarrten Brunnstuben der Schöpfung, in denen – wenn die Abwandlung von Fausts Wort gestattet ist – erkennbar wird, was die Celansche Welt im Innersten zusammenhält.
In dreifacher Hinsicht werden die Gletscher für das Spätwerk bedeutsam. Als gigantische, stumme Zeugen einer urzeitlichen Vergangenheit verkörpern sie einen Teil der Erdgeschichte. Gewaltige Kräfte schlummern in ihren rissigen Blöcken. Wie die Vulkane und die Gesteinsschichten gehören sie zu jenen Naturerscheinungen, welche am unmittelbarsten an die Genesis erinnern und dadurch als eine Art »Schöpfungszentrum« zum Hort der Celanschen Gedichtsprache werden. Hinzu kommt, daß die Zungenform Analogien zum sprachlichen Bereich begünstigt. Der nicht belegte Ausdruck »Gletscherzunge« wäre im Chiffren-Netz dieser Dichtung als Organ einer utopischen Ursprache vorstellbar. Der Gletscher mutet aber auch wie das kristallisierte Schweigen Gottes an, das kontrastiert zur bunten Vielfalt seiner Welt. Die Formel vom erschwiegenen Wort fände somit in der Gletschersprache eine großartige Entsprechung. Der dritte und bedeutendste Aspekt ist in der Gitterstruktur zu sehen. Der Gletscher ist eine Erscheinung in Eiskristallform. Eine große Zahl von Chiffren, verteilt auf das ganze Werk, gehören zum Kreis der Schnee-, Eis- und Kristallwörter. Um nur einige zu nennen: »Kristall« (Sp 29), »Tausendkristall« (Sp 62), »Hagelkorn« (M 46), »Eisdorn« (A 63), »Schneebett« (Sp 29), »Schneegarn« (Sp 40), »Schneewuchs« (Sp 30). Der Gletscher ist die gewaltigste aller Kristallisationen. Das geballte Wort im Schlüssel-Gedicht besteht aus Flocken, die sich um einen Kern gruppieren, und dieses Gebilde löst sich bei der Aktualisierung der Sprache aus dem schützenden Hohlraum, in dem es gewachsen ist; aus dem »Haus« des Verschwiegenen muß es an die Oberfläche geholt werden. Das Modell läßt sich auf unser Gedicht übertragen, nur haben sich die Dimensionen geändert, da es nicht bloß um die Chiffre, sondern um das »Zeugnis« geht. Aus dem Windstoß ist ein Strahlenwind geworden, aus dem Schneehaus ein Labyrinth von Gletscherstuben und aus den abgelagerten Schichten von Altschnee – die übrigens auch »Firne« genannt werden – ein Firner, dessen Struktur derjenigen des Kristallkörpers verwandt ist.
Die »Gletscher[...]-tische« scheinen zunächst lediglich die Gastlichkeit der Stuben zu unterstreichen und, sintemal das Kompositum nicht ausgeschrieben wird, eine schmückende Nebenfunktion zu haben. Sie passen auch nicht recht ins Bild einer geschlossenen Höhle, denn in der Glaziologie versteht man unter Gletschertischen Felsplatten, die auf Eisfüßen an der Oberfläche liegen, weil sie das zugedeckte Eis vor der Ablation schützen. Vom stilistischen Gesichtspunkt aus könnte man

die Meinung vertreten, der Dichter habe in Vers 14 einfach eine Wiederholung von »Gletscher« vermeiden wollen. Beziehen wir aber die Schlußstrophe mit ein, so zeigt sich, daß Celan mit seiner Schreibweise einen Wink geben möchte, der das Verständnis erleichtert, denn »Tisch« ist in den früheren Gedichten ein Schlüsselwort und taucht meistens in Verbindung mit dem Begriff der Zeit auf. »Der Tisch wogt stundauf und stundab« (M 74) heißt es in *Wasser und Feuer*. Das Meer wälzt die Speise heran, und zwar ist es das in Aufruhr geratene Meer der Zeit, denn es »fluten die Fahnen und Völker«, und die Menschen rudern ihre Särge ans Land. Aus »Stundenholz« (Sp 41) ist der Tisch ein andermal geschnitzt, an dem geschwiegen, gegessen und getrunken wird; und die bekannte Stelle im Gedicht *Die Krüge* sagt es noch expliziter: »An den langen Tischen der Zeit / zechen die Krüge Gottes.« (M 54) Gletschertische sind solche Tische der Zeit, aus einem Material geformt, das Jahrtausende alt ist. Der Gast, der sich an ihnen niederläßt, wird »mit Schnee« (A 7) bewirtet. Nicht das Meer, aber der Gletscher hat die Speise herangewälzt, gefrorene, konservierte Zeit. Die letzte Strophe, zu der das so verstandene Bild des Eistisches hinüberleitet, nimmt das Motiv gleich am Anfang wieder auf mit dem Stichwort »Zeitenschrunde«:

15 »Tief
16 in der Zeitenschrunde,
17 beim
18 Wabeneis
19 wartet, ein Atemkristall,
20 dein unumstößliches
21 Zeugnis.«

Sie steht ganz im Zeichen des Kristalls und ist durch eine Gegenbewegung zur vorhergehenden gekennzeichnet. Während der Blick zuerst hinauf zu den Gletschern gelenkt wird, stürzt er nun in die Tiefe. Vers 15 setzt analog zu Vers 9 den entscheidenden Akzent der Strophe: »Tief«. Auf die Freisetzung folgt der Durchbruch, wie er im Winzer-Gedicht mit dem Krückstock erzielt wird. Auch da wieder ein typographischer Engpaß, der diesmal die Aufgabe hat, das Lesetempo zu beschleunigen. Man soll förmlich durch die Zeilen hinunterrutschen. Der Schacht des Gedächtnisses, in der 2. Strophe Gletscherstube genannt, erhält den Zunamen »Zeitenschrunde«, eine Chiffre, die bekannt ist aus dem Gedicht *Vor einer Kerze*: »vermählt einer Schrunde der Zeit, / vor die mich das Mutterwort führte« (S 35). Eine Schrunde ist ein Riß im Gestein oder eine Gletscherspalte, verursacht durch die Verschiebungen der Eismassen. Im übertragenen Sinn heißt das: Die Zeit hat sich aufgetan. Aus *Corona* (M 33) wie aus *Umsonst*... wissen wir, daß »Zeit« bei Celan immer auch das »Gezeitigte« bedeutet. Die Gletscherzunge ist innerhalb seines lyrischen Werkes die eindrücklichste Verkörperung der zeitlichen Ablagerungen, wobei die Vergangenheit des Dichters und die Epoche, in der er lebt, zu verschmelzen scheinen. Die Eis-Chiffre steht in engem Zusammenhang mit dem »Stein«, und die versteinerte Welt ist uns aufgegangen als eine, die vom Dichter erlöst werden will. Die Verkrustung beginnt dort, wo der Schmerz um das Verlorene, wo die Ohnmacht gegenüber der Zeit als »aetas« das persönlich ertragbare Maß überschritten hat. Es ist zweifellos das Schicksal des jüdischen Volkes, das Paul Celan seine Epoche als Steinzeit erfahren läßt, und für diese Totenstarre der Schöpfung steht auf der Stufe der *Atemwende* die Vergletscherung. Eine neue Eiszeit ist angebrochen. Gletscher bilden sich bekanntlich dort, wo die jährlichen Schneefälle die Abschmelzung überwiegen. Je nachdem ob das Nährgebiet oder das Zehrgebiet größer ist, befinden sie sich im Vorstoß oder im Rückgang. Der Celansche Gletscher nährt sich vom Firn des Verschwiegenen, wobei wir darunter, wie angedeutet, nicht mehr bloß das Unaussprechliche im Leben des Dichters verstehen dürfen. In der »Zeitenschrunde« öffnet sich ihm, psychologisch gesprochen, das kollektive Unbewußte seiner Zeit. Was sie unter der Oberfläche bewegt, was von ihr abgeschoben und verdrängt wird, muß in irgendeiner Form ins Kunstwerk eingehen. Die »Narbe der Zeit« (S 41), die das Land unter Blut setzt, der Riß im Gestein, die Gletscherspalte – das sind die Chiffren für die spezifisch Celansche Erfahrungsweise der Zeit. Das Wort »Erinnerung« tönt ihm zu poetisch, er ersetzt es durch »Erinnerungswunde« (A 53). Und auch »Schrunde« deutet auf Zerklüftung hin. Es gibt kein »Zur-Tiefe-Gehn« (N 10) für den jüdischen Dichter, ohne daß sich die Abgründe der Zeit auftun. Das »Mutterwort«, das ihn vor die »Schrunde der Zeit« (S 35) führt, ist der Mahnruf der ermordeten Mutter Celans. Ihr Tod ist stellvertretend für das Schreckliche, das sich im Büßerschnee niedergeschlagen und zum Schweigen des Gletschers verfestigt hat, das langsam abgetragen und verwandelt werden muß. Wie es möglich ist, »daß der Stein sich zu blühen bequemt« (M 33), birgt auch die Zeitenschrunde ein geheimes Wachstum. Der bedeutende Unterschied zum Stein liegt darin, daß im Eis die Struktur des Kristalls vorgebildet ist. Darauf verweist das Wort »Wabeneis«. Bekannt sind die Waben aus dem Zellenbau der Bienen. Sie werden aus Wachs gesponnen und dienen zur Speicherung des Honigs sowie zum Schutze der Brut. Die Zellen sind sechseckig, vertreten also dieselbe hexagonale Ordnung wie die Schneekristalle. Das Gletscherinnere ist keine amorphe Masse, sondern gitterförmig abgelagertes Material. Die Waben können ausgeschleudert, zu etwas verwendet werden. Wenn Celan an einer Stelle von den zeitleeren »Waben der Uhr« (Sp 14) spricht, meint er damit eine ereignisarme Zeit, die keine kristallisationsfähigen Erlebnisse gezeitigt hat. Die Wabe vertritt nun nicht eine beliebig ersetzbare Ordnung. Das Hexagramm umschließt den Sechsstern, der als Davidstern zum Symbol des jüdischen Schicksals im Zweiten Weltkrieg und des Judentums ganz allgemein geworden ist. Wollen wir das Gitter-Motiv in seiner Entwicklung begreifen, müssen wir jenen Gedichtband zu Rate ziehen, der es sogar im Titel verwendet: *Sprachgitter*. Da stehen die Verse:

»Das Schneebett unter uns beiden, das Schneebett.
Kristall um Kristall,
zeittief gegittert, wir fallen,
wir fallen und liegen und fallen.

Und fallen:
Wir waren. Wir sind.
Wir sind ein Fleisch mit der Nacht.
In den Gängen, den Gängen.« (Sp 29)

Ob Unterlage im Sinne eines Kiesbettes oder Schlafstätte, die Liebenden, die sich in der Kälte einzurichten versuchen, werden vom Bett nicht getragen, sie sinken lautlos durch das »zeittiefe« Kristallgitter, das sich aus Verschwiegenem zusammengefügt hat. Die Tiefe der Zeit ist ihre Wunde. Stürzend von Schicht zu Schicht, sich erinnernd erfahren die Schweigenden Vergangenheit als Gegenwart. Deshalb können sie sagen: »Wir waren. Wir sind.« In der Tiefe der Zeit aber liegen die Katakomben. *Schneebett* ist ein Gedicht über das stumme Zwiegespräch mit den Toten: »Augen, weltblind, im Sterbegeklüft: Ich komm« (Sp 29). Ein Fleisch zu sein mit der Nacht bedeutet eine magische Vereinigung mit dem Tod. Es wäre letztlich ein Zugrundegehen im Wahnsinn, wenn nicht die kristalline Struktur des Schneebettes, dessen, worauf der Dichter im wörtlichsten Sinne »aufruht«, zur Gestaltung drängen würde. Das erschlossene Gedächtnis, das Schweigegitter ruft nach einem »Sprachgitter« (Sp 28).
An dieser Chiffre ist viel herumgerätselt worden. Alfred Kelletat hat den Begriff nachgewiesen in seinem »Accessus zu Celans *Sprachgitter*«.[6] In Nonnenklöstern wird das Gitterfenster im Parlatorium, durch das die Nonnen mit Weltlichen sprechen dürfen, Sprachgitter oder

Sprachfenster genannt. Kelletat ist auch dem übertragenen Gebrauch nachgegangen und hat festgestellt, daß das Wort einzig bei Jean Paul bezeugt ist. Im *Titan* heißt es: »Der alte Mann (den Albano im Garten eingeschlummert fand) sprach hinter dem Sprachgitter des Schlafs mit Toten, die mit ihm über die Morgengrauen der Jugend gezogen waren.«[7] Ein Motiv, das Celan bei seiner großen Belesenheit gekannt haben dürfte, sintemal es zu einem der Hauptthemen seiner Lyrik wird. Plausibel ist im weiteren die Erklärung, die vom Bild eines Eisengitters ausgeht, wobei die gekreuzten Stäbe nicht nur trennende, sondern auch verbindende Funktion haben. Genaugenommen sind es die Stäbe, die den Dichter von der Außenwelt absondern, während die Zwischenräume den Blick sowohl nach außen als auch nach innen freigeben. Die Kommunikation mit dem Leser gelingt nur zwischen den Worten, welche die Aufgabe haben, die ausgesparten Felder zu begrenzen. Das Gitter wäre somit die ornamentale Kunstfigur, in den Kreuzstellen könnte man die Verschmelzung des Widersprüchlichen im Paradoxon sehen. Die Analogie ließe sich beliebig erweitern.

Indessen, so meine ich, hat Celan bei der Chiffre des Sprachgitters in erster Linie an ein Baugesetz gedacht, inspiriert durch die Chemie und Mineralogie. Ein Kristallgitter ist die raumgitterartige Anordnung von Atomen, Ionen oder Molekülen. Es gibt verschiedene Systeme, das kubische, trikline, tetragonale, usw. Erst nach der Summierung von Milliarden solcher Zellen wird der Körper sichtbar. Chemische Kristalle entstehen aus Lösungen durch Eindampfen oder Abkühlen. Der Vorgang dient zur Reinigung von Substanzen oder, bei verschiedener Löslichkeit der Stoffe, auch zu deren Trennung. Kühlt eine Schmelze ab, formieren sich die Kristalle im Augenblick der Erstarrung, so etwa in der vorgeschichtlichen Gesteinsbildung, beim Gefrieren des Wassers oder beim Erhärten von Legierungen. Allgemein gilt: Je langsamer die Abkühlung, desto größer die Kristalle. Wichtig ist, daß sich ein Stoff nur dann mit einem entstehenden Kristallgitter verbinden kann, wenn seine Struktur demselben System angehört, obwohl in jedem wirklich vorkommenden Kristall Fremdatome vorhanden sind. Eines der bekanntesten Mineralien ist der Quarz oder Bergkristall. Er existiert als Teil vieler Gesteine, in Granit, Gneis und Sandstein, wird aber auch als Einzelkristall in sogenannten Drusen gefunden. Das sind zentimeter- bis metergroße Hohlräume im Erstarrungsgestein, deren Wände mit Kristallen überzogen sind.

Kombinieren wir diese Eigenschaften mit Celans Vorstellungen vom Wesen seiner Sprache, erweist sich die Fülle der Bezüge als frappant. Die Kristallisation des Erlebnismaterials ist, analog zur Gärung des

Augenweins, ein organischer, sehr langsam fortschreitender Prozeß im Verborgenen, auf den der Dichter bewußt keinen Einfluß ausüben kann. Sinnbildlich dafür mag die Entstehung von Quarzen im Berginnern stehen. Auf einer anderen Bezugsebene veranschaulicht das Beispiel der eingedampften und dadurch gereinigten Lösung, wie wesentlich die Verdichtung des Erlebten ist – eine vorentscheidende Gestaltungsstufe, auf die wir bei den früheren Gedichten ausführlich zu sprechen gekommen sind. Die Druse entspricht dem Hohlraum des Gedächtnisses, der umgeben ist von den Schichten des erstarrten Materials aus der Vergangenheit. Im Verhältnis des Kristallkörpers zum ganzen Berg spiegelt sich die Relation »sprechen / schweigen«, wobei das Verschwiegene gegenüber dem Aussprechbaren dermaßen überwiegt, daß das Wort erdrückt zu werden droht. Trotzdem vermag der herausgelöste Kristall das Gebirge oder den Gletscher gültig zu repräsentieren, weil – wenn wir im Bild bleiben wollen – die »Elementarzellen« der Sprache mit den Molekülen des Schweigens ein Gitter gebildet haben. Zwei Gedichtstellen sollen das Gesagte illustrieren. *Unten* schließt mit den Versen:

»Und das Zuviel meiner Rede:
angelagert dem kleinen
Kristall in der Tracht des Schweigens.« (Sp 17)

In diesem »Zwiegespräch«, das die beiden polaren Ausdrucksmöglichkeiten Celans einander gegenüberstellt, erscheint die Rede als ein Zuviel vor dem Hintergrund des Schweigens, als unzureichend. Und doch spürt der Sprechende, daß seine Worte aufgenommen werden. Sie lagern sich einem Kristallkörper an, der aus der Stummheit wächst. Das Schweigen nimmt eine bestimmte Gestalt an, es wird trächtig. (Wenn man von den Bienen sagt, sie hätten eine reiche »Tracht«, meint man den Honig-Ertrag.) Obwohl nur Bruchteile des Gesagten mit dem Kristall verwachsen, jene Worte nämlich, welche beim Zuhörer ins Zentrum seines Wesens treffen, wird das Schweigen durch die Rede befruchtet. Der quantitive und der qualitative Gegensatz treten deutlich hervor. Klein ist der Kristall im Verhältnis zum Redeschwall und zur Unendlichkeit des Verschwiegenen, aber er ist essentiell. Vom Sprachgitter ist hier noch nicht die Rede. Es entstünde, wenn das »Zuviel« abgebaut werden könnte, wenn das Wort nicht nur angelagert wäre, sondern wenn seine Struktur aus derjenigen des Schweigens hervorginge. Der Dialog in *Unten* kann auch als Monolog über das Gedicht verstanden werden. Das Ich verfügt über »einige Reden«, über Mein-Sprachen. Das Du wäre der fremdere Teil des Dichters, der das Geheimnis des Kristalls besitzt, das es mit Worten einzuholen gilt. Konkret auf die Poesie bezieht sich die zweite Stelle aus dem Kreis der Kristall-Gedichte, sie klingt wie eine Vorankündigung der Schlußstrophe von *Weggebeizt...*:

»Es liegen die Erze bloß, die Kristalle,
die Drusen.
Ungeschriebenes, zu
Sprache verhärtet, legt
einen Himmel frei.« (N 48)

So beginnt *À la pointe acérée*. Ungeschriebenes, bisher noch nicht Gesagtes und auch nicht Sagbares, hat den Erstarrungsprozeß der Kristallisation durchgemacht, so daß es nun in sprachlich realisierbarer, körperhafter Form offen daliegt in den erschlossenen Hohlräumen des Gedächtnisses. In der ersten Strophe des Gedichtes *Mit Brief und Uhr* wird diese Stufe vorbereitet, indem das »Ungeschriebene« (Sp 14), das den Namen des Dichters zugleich errät und verschlüsselt, unter das Siegel genommen wird und damit dem »signum« erschlossen ist. »Erz« ist nur eine Chiffren-Variante zu »Kristall«. Hier ist nun das Sprachgitter Tatsache geworden. Das Verschwiegene hat sich zu einem kompakten und transparenten Körper verdichtet, dessen Kanten und Flächen den Kunstcharakter der Sprache symbolisieren, dessen Bausteine – die lautlichen und die lautlosen Elementarzellen – demselben Kristallsystem angehören. Das System könnte man, zurückgreifend auf die linguistische Terminologie, der »spezifischen langue« des Dichters gleichsetzen, seiner persönlichen Art des sprachlichen Denkens und Empfindens, welche das Potential der ihm gemäßen Äußerungen bestimmt. Doch man soll die Analogie nicht zu weit treiben, ein gewisses Maß an Unschärfe gehört zu ihrem Wesen. Der »Himmel«, der Horizont, der durch die poetische Sprache freigelegt wird, entspricht dem hinabsteigenden Himmel im Winzer-Gedicht. Ein Stück innere Unendlichkeit ist im Kristall faßbar geworden und wird nach außen projiziert. Anders gewendet: Das Blau spiegelt und bricht sich in den geschliffenen Flächen des Minerals, dessen Struktur die Ordnung des seelischen Kosmos repräsentiert.

Weggebeizt..., das alle diese Chiffren rund um das Gittermotiv aus dem mineralogischen Bereich in die Bildebene des Gletschers transponiert – in den Gletscherstuben erkennen wir die Drusen, im Wabeneis das kristalline Gestein –, unterscheidet sich nun allerdings in einem wesentlichen Punkt von den früheren Kristall-Gedichten: Es läßt den Atem kristallisieren. Naturwissenschaftlich läßt sich durchaus nach-

vollziehen, daß der Atemhauch in der tiefen Eishöhle kondensiert und gefriert. Die Metapher stimmt. Wichtiger ist die Frage nach der Bedeutung dieser zentralen Chiffre. Ihre Funktion innerhalb des Gedichtes scheint klar zu sein. Sie schlägt die Brücke zum Anfang der ersten Strophe. Zwischen dem Strahlenwind und dem Atem muß eine enge Verwandtschaft bestehen, denn dank seiner beizenden Gewalt wird der Weg frei zum »Atemkristall«. Das Wort gewinnt seit den *Sprachgitter*-Versen zunehmend an Gewicht. Vorher kommt es als Substantiv gar nicht vor. Dann aber mehren sich die Atem-Komposita, die zu den eigenwilligsten von Celans Wort-Kompositionen gehören und von »Atem-Baum« (N 43) über »Atemmünze« (N 80) bis zu »Steinatem« (A 66) und »Atemseil« (A 68) reichen. Auch bei diesem Wort fallen verschiedene Bedeutungen zusammen.
Daß der Pneuma-Begriff, der hinter dem Atem als Lebenshauch steht, für Celan wesentlich ist, geht bereits aus einer Stelle in der *Niemandsrose* hervor:

»Ge-
trunken hast du,
was von den Vätern mir kam
und von jenseits der Väter:
– – Pneuma.« (N 47)

Pneuma bedeutet im Alten Testament zunächst noch »bewegte Luft«, »Wind«; später wird es identisch mit dem Mensch und Tier eingehauchten Odem Gottes, der das Wesen zu seelischem Leben befähigt. Der Wortsinn hat sich soweit entfaltet, daß man »Atem« und »Geist« einander nicht völlig gleichsetzen darf. Als Offenbarung kommt der Geist Gottes über auserwählte Menschen, die so charismatisch begabt und in älterer Zeit zu kriegerischen Heldentaten beflügelt werden, aber auch prophetische und ekstatische Fähigkeiten erhalten: »Und der Geist des Herrn wird über dich geraten, daß du mit ihnen weissagst; da wirst du ein anderer Mann werden.«[8] Der Unterschied zwischen der griechischen und der biblischen Pneumavorstellung liegt darin, daß der von den griechischen Ärzteschulen zugrunde gelegte Begriff stets materiell gedacht wird. Nach stoischer Lehre ist das Pneuma mit der Weltseele identisch, und zwar als ein feuriger Hauch, der den Kosmos durchdringt und zusammenhält und dem Menschen sein göttliches Bewußtsein vermittelt. Dadurch wird es auch zum Prinzip der Inspiration. Es ist die dynamische, lebenserhaltende Kraft schlechthin. Das palästinensische Judentum dagegen führt den Begriff aus dem Alten Testament weiter. Wie dort kann das Pneuma den Wind und den Atem

bezeichnen, aber auch persönliche, als »Geister« bekannte Wesen wie Engel und Dämonen, ja sogar die Verstorbenen im Grabe. Der Geist ist in der palästinensischen Anthropologie zwar dem Menschen von Gott gegeben, trotzdem aber kein divines Element in ihm. Dergestalt bleibt er der Prophetie vorbehalten. Zum Beispiel die heiligen Schriften wurden durch den Geist inspiriert. Insbesondere sind die Lehrer der Gerechtigkeit damit ausgerüstet, und folglich haben ihre Auslegungen der Tora Offenbarungscharakter. Aber auch die Gemeinde lebt im Glauben, daß ihr beim Studium der Tora neue Einsichten in Gottes Geheimnisse verliehen würden.
Mit der Verselbständigung des Pneuma-Begriffes neben dem Gottes- und Geist-Begriff im Spätjudentum dürfte erklärbar sein, weshalb der Atem eines Rabbi als »heiliger Hauch« empfunden werden kann, wie es in den *Erzählungen der Chassidim* berichtet wird:

> »Ein Schüler des Rabbi Jizchak Eisik erzählte: ›Anfangs, wenn ich die Lehrrede unseres Meisters zu hören kam, ohne sie noch verstehen zu können, machte ich den Mund weit auf, daß doch sein heiliger Atemhauch in mich eindringe.‹«[9]

Der heilige Atemhauch ist das Pneuma der Zaddikim, ihm verdanken sie »Hithlahawuth«, die Ekstase. Liest man »Des Baal-schemtow Unterweisung im Umgang mit Gott«,[10] so scheint es, als habe eine Verschmelzung der griechischen mit der jüdischen Pneuma-Vorstellung stattgefunden, denn die Weltseele, die dann freilich identisch wäre mit dem ursprünglichen Geist, ist bei der Erschaffung der Vorwelten, welche die göttliche Fülle nicht zu tragen vermochten, in die »heiligen Funken« zerstoben. Und die Aufgabe des Gläubigen besteht darin, diese Funken aus dem Gestein, den Geräten und den Tieren zu erlösen. Das gemeinsame Glaubensziel der Chassidim nennt sich »Kawwana«. Mit jeder Handlung, die der Befreiung der göttlichen Funken dient, arbeitet der Mensch an der »Schechina«, der vollkommenen Gestaltwerdung Gottes. Dies ist die Kawwana des Empfangens, mit der man am feurigen Hauch der Weltseele teilhat. Daneben gibt es aber auch noch eine Kawwana des Gebens. Martin Buber schreibt:

> »Ihre Bahn ist das Schaffen, und das Wort vor aller anderen Gestalt des Schaffens.
> [...] Wer des heimlichen Liedes kundig ist, das das Innen ins Außen trägt, des heiligen Reigens, der einsame spröde Worte zum Gesang der Fernen verschmilzt, der wird der Gottesmacht voll, ›und es ist, als schüfe er Himmel und Erde und alle Welten von neuem‹. Er

findet sein Reich nicht vor wie der Seelenbefreier, er spannt es aus vom Firmament zu den schweigenden Tiefen.«[11]

Man lese in diesem Zusammenhang noch einmal den Schluß des Winzer-Gedichtes: »...indes / der Himmel hinabsteigt ins wächserne Meer, / um fernher als Lichtstumpf zu leuchten, / wenn endlich die Lippe sich feuchtet.« (S 64) In den schweigenden Tiefen, beim Wabeneis in der Zeitenschrunde, harrt das »Zeugnis« dessen, der den Geist der Väter, das Pneuma, getrunken hat. Wir begreifen, weshalb Celan die Chiffre »Atem« aufgespart hat für das Höchste und Letzte, das dem Gedicht zu erreichen möglich ist. Er nennt es »Wahrheit« (A 85) oder das »Wahre« (N 56), Wörter, die für den Juden eigentlich tabu wären, weil sie mit dem Gottesnamen zusammenfallen. Der von jenseits der Väter herüberwehende »heilige Atemhauch« scheint Wahrheit zu verbürgen:

»EIN WURFHOLZ, auf Atemwegen,
so wanderts, das Flügel-
mächtige, das
Wahre...« (N 56)

Diese Bahn ist vorgezeichnet in der Pneuma-Strophe, ein »Atemweg«, der die Geschlechter über die Grenzen der Zeiten und Kulturen hinweg verbindet: »...es ging / blind nur ein Atem zwischen / Dort und Nicht-da und Zuweilen« (N 15). Das »Wahre« rührt den Dichter an, er ist vom Geist geschlagen, getroffen wie von einem Bumerang. Die Betroffenheit ist, wie wir bereits erwähnten, mehr als nur Inspiration, ein schicksalhaftes Gezeichnetsein. Dietlind Meinecke, welche verschiedentlich Gelegenheit hatte, Gespräche mit Paul Celan zu führen, verdanken wir den Hinweis, daß der Dichter beim Titel *À la pointe acérée* (N 48), der von Baudelaire über Hofmannsthal entlehnt ist, auch an den Ausruf Hiobs gedacht haben soll: »Denn die Pfeile des Allmächtigen stecken in mir: derselben Gift muß mein Geist trinken, und die Schrecknisse Gottes sind auf mich gerichtet.«[12] Die Motive des Pfeiles und des Wurfholzes berühren sich eng. Vor allem jene Stelle aus *Aber* läßt an das Bibelwort denken: »...es war, / als schwirrte, vom Nichts her, ein Wurfholz / ins Ziel einer Seele...« (Sp 42). Der Dichter versteht sich selber als verwundeter Schütze der Wahrheit. Von seiner Seele schnellt der Pfeil, die »Pfeilschrift« (A 18): »etwas wird wahr, / zwölfmal erglüht / das von Pfeilen getroffene Drüben« (A 72).
Wenn die Pfeile des Allmächtigen vergiftet sind und das Wahre identisch sein kann mit dem Schrecklichen, dann dürfte das Pneuma, das im

palästinensischen Judentum auch die Geister der Verstorbenen mit einschließt, den Dichter mit den Toten verbinden, dann ist die »Wahrheit« mit ihrem Schicksal verknüpft. Celan sagt es deutlich in *Sprich auch du*: »Wahr spricht, wer Schatten spricht.« (S 59), wer im Namen der Schatten spricht. Dies führt nun zu einer der tiefsten Paradoxien in diesem lyrischen Werk. Der Atem, der göttliche Hauch der Inspiration, Sinnbild des Lebendigen und Schöpferischen, beflügelt den Dichter zum Zeugnis für die Toten:

»Blicke umher:
sieh, wie's lebendig wird rings –
Beim Tode! Lebendig!
Wahr spricht, wer Schatten spricht.« (S. 59)

Bereits aus dem Gedicht *Argumentum e silentio* (S 62), aus dem die Formel des erschwiegenen Wortes stammt, erhellt dieser Zusammenhang, indem nämlich das Schneewort zuletzt von der »Nacht« zeugt, dem steinernen Dunkel, das auch den Winzern das Keltern abverlangt. Die Wahrheit des »Atemkristalls« ist keine frohe Botschaft, sondern geronnenes Dunkel, gefrorene Schwärze. Deshalb liegt sie so tief vergraben, verschüttet vom Büßerschnee, in der Schrunde, im »Wundenmal« (A 19) der Zeit.

Daß der Atem bei Celan zum Medium des Wahren wird, hat noch einen naheliegenderen Grund, der im Sprechvorgang zu suchen ist. Er erfüllt die von Mund und Zunge geformten Laute mit Leben, doch ist er ebensosehr Ausdruck des Stummen, der tief atmet und die Worte zurückhält. Der Atem ist dem Sprechen und Schweigen gemeinsam. Bildlich formuliert ist in ihm die Bedeutung der Worte vorenthalten. Aber auch das Unaussprechliche wandert mit dem Atem gleichsam aus der Brust auf die Zunge und mischt sich in der Artikulation dem Lautkörper bei. Genaugenommen wäre das Atem-Kristallgitter ein System aus Sprachzellen und Atem-Zwischenräumen. Das Wahre stiftet der lebendige Hauch, von dem sich die Chiffren nähren. Wie Celan sich die wechselseitige Beziehung denkt, geht aus *Zwölf Jahre* hervor:

»Die wahr-
gebliebene, wahr-
gewordene Zeile: ... dein
Haus in Paris – zur
Opferstatt deiner Hände.

Dreimal durchatmet,
dreimal durchglänzt.« (N 18)

Das Selbstzitat stammt aus dem früheren Gedicht *Auf Reisen* (M 43). Nach zwölf Jahren erweist sich die Zeile abermals als wahr, doch die Erfahrung führt nicht primär über das Wort. Celan hat den Text dreimal durchatmet und so aus dem Schweigen, dem Vergessen heraufgeholt. Er atmet beim Wiederlesen ein Stück seines Lebens ein, und erneut kommt es zur Kristallisation in Form eines Gedichtes. Die Worte sind, was das Zitat betrifft, dieselben geblieben, nur der Vers nimmt eine andere Gestalt an. Er wird dreimal gebrochen, zweimal über das Zeilenende, einmal durch den Gedankenstrich. Diese Struktur ist mit der Dreiteilung der Wahrheit am Anfang vorweggenommen. Auch sie durchatmet der Dichter dreimal. Somit entsprechen sich, bildlich vereinfacht, die drei Atemstöße und der dreifache Glanz des dreiflächigen Kristalls. Was sich verändert hat, ist die Substanz des Verschwiegenen, weil das atmende Du ein anderes geworden ist. Im Atem ist der Dichter ganz gegenwärtig: »Schärfer als je die verbliebene Luft: du sollst atmen, / atmen und du sein.« (Sp 38)

Das Wahre wandert auf Atemwegen, und Dichtung kann eine »Atemwende« bedeuten. Damit kehren wir wieder zu jenem Begriff zurück, den Celan in der Büchner-Preis-Rede *Der Meridian* verwendet. Er spricht ganz am Anfang, noch vor dieser Definition, vom Atem:

> »Aber es gibt, wenn von der Kunst die Rede ist, auch immer wieder jemand, der zugegen ist und... nicht richtig hinhört. Genauer: jemand, der hört und lauscht und schaut: und dann nicht weiß, wovon die Rede war. Der aber den Sprechenden hört, der ihn ›sprechen sieht‹, der Sprache wahrgenommen hat und Gestalt, und zugleich auch – wer vermöchte hier, im Bereich dieser Dichtung, daran zu zweifeln? –, und zugleich auch Atem, das heißt Richtung und Schicksal.« (Me 134)

Die Stelle erinnert stark an den Bericht des Schülers von Rabbi Jizchak Eisik, der die Lehre seines Meisters nicht versteht und dennoch über den Atem an ihrer Wahrheit teilhat. Für Celan gibt es ein Erkennen der dichterischen Sprache, das sich nicht in erster Linie an die semantischen Inhalte der Worte klammert, sondern darin besteht, daß man ihre »Richtung« wahrnimmt... Ihre Herkunft – das wäre die schicksalshafte Komponente, der »Grund«, in dem der Antrieb und die Verpflichtung des Gestaltens wurzeln – und ihr Ziel, das Utopische, das sie umkreisen. Mit einem andern Bild nennt Celan die Richtung, welche durch diese beiden Pole bestimmt wird, »Meridian« (Me 148). Die Atemwende markiert den Augenblick des Erkennens, da es uns den Atem verschlägt, weil der Lebenshauch der Dichtung in uns eingedrungen ist und wir spüren, wohin es den Dichter treibt und wovon er getrieben wird. Für Celan, der sich mit Büchner beschäftigt, ist sie zweimal da: Bei Luciles Ausruf »Es lebe der König!« und dort, wo sich der Himmel unter Lenz als Abgrund auftut. Hier scheint ihm aufzugehen, wie die Bahn, wie der Atemweg Büchners verläuft. Ingeborg Bachmann sagt in einer ihrer *Frankfurter Vorlesungen* über die Wirkung des Dichters:

> »Weil er [der Dichter] Richtung hat, weil er seine Bahn zieht wie den einzigen aller möglichen Wege, verzweifelt unter dem Zwang, die ganze Welt zu der seinen machen zu müssen, und schuldig in der Anmaßung, die Welt zu definieren, ist er wirklich da.« [13]

Das »unumstößliche / Zeugnis«, auf das unser Gedicht *Weggebeizt...*, stellvertretend für das Werk Celans, zuhält, ist der utopische Fluchtpunkt seiner »Richtung«. Er sucht im Atemstrom den Kristall, dessen Reinheit und Schärfe das verwirklichte Kunstwerk niemals ganz erreichen kann. Und damit erhält der Begriff »Wahrheit«, zu dem das Lügenhafte des »Mein- / gedichts« kontrastiert, noch einen andern Sinn. Wahr ist nicht nur die Botschaft des Schattens, das Zeugnis der Vernichtung, wahr ist auch die im Pneuma übermittelte vollkommene Gestalt, die »Schechina«. Ins Poetologische übertragen hieße das: Die Wahrheit des Gedichtes wäre die reine Inkarnation der Celanschen Substanz im Wort. Daß die totale Verkörperung seines Wesens Utopie bleiben muß, weiß der Dichter ganz genau. Es gibt kein absolutes Gedicht, es gibt lediglich »diese unabweisbare Frage, diesen unerhörten Anspruch« (Me 145); die Frage nach dem idealen Kristall, der »chemisch einheitlich« wäre –, den Anspruch, in brüchiger Form von der Utopie zu sprechen. Die »... Wahrheit / gibt Nachricht« (A 63) von ihrer möglichen Existenz, und das Kunstwerk versucht, ihrer Spur zu folgen. Peter Horst Neumann hat treffend bemerkt: »Wo Celans Gedichte von ›Wort‹ oder ›Sprache‹ reden, ist der Differenz gedacht, welche das absolute Gedicht von jedem in menschlicher Sprache möglichen trennt.« [14] Und diese Differenz wird kaum in einem Gedicht des Spätwerks so deutlich ablesbar wie in *Weggebeizt...*, wie in der Spannung zwischen dem »Atemkristall« und seiner sprachlich realisierbaren Form.

Damit sind wir zur anfangs gestellten Frage nach dem Du, das sich im »Strahlenwind deiner Sprache« offenbart, zurückgekehrt, und es dürfte klargeworden sein, daß es nicht mit dem Ich des Dichters identisch sein kann. Nicht er selber verfügt über die elementare Kraft des beizenden und zeugenden Wortes, aber er wird in der Inspiration von ihr erfaßt, so daß zumindest ein Hauch davon kristallisiert. Wilhelm Höck, ein Kenner der jüdischen Tradition, sagt in seiner Interpretation »Von welchem Gott ist die Rede?« im Anschluß an die Motto-Strophe unseres Kapitels:

> »Das ›Metapherngestöber‹ läßt sich verstehen als das Logos-Sprechen nach Babel. ›Droehnen‹ dagegen ist das pfingstliche ›Brausen‹, der ›Sturm‹: der ›Ruach‹ Gottes am Schöpfungsbeginn (Ruach entspricht dem Pneuma als Geist, Atem und Wind etc.), wiederkehrend am Anfang von ›Kirche‹.«[15]

So verlockend es wäre, diese Deutung auch für den »Strahlenwind« in Anspruch zu nehmen – und dies um so mehr, als Celan selbst einmal das Wort »Pfingst- / schneise« (A 46) im Sinne eines Offenbarungsweges gebraucht –, so vorsichtig wollen wir mit solchen Parallelen umgehen. Weder den »Gott« in *Umsonst*... noch den »Himmel« im Winzer-Gedicht haben wir als religiöse Begriffe aufgefaßt, und es genügt meinem Dafürhalten nach für das Verständnis von *Weggebeizt*..., wenn wir im »Strahlenwind« den Geist einer vollkommenen Ursprache erkennen, der den Dichter heimsucht und ihn bald an seiner Aufgabe verzweifeln, bald an das unumstößliche Zeugnis glauben läßt. Sprachskepsis und Vertrauen in das Wort sind so eng miteinander verquickt, daß es keinen andern Weg gibt als immer wieder neue, paradoxe Lösungen für das Dilemma zu suchen; ein Dilemma, das nun freilich in der Tradition der sprachlichen Überlieferung des Judentums verwurzelt ist, auf die wir zum Abschluß einen kurzen Blick werfen wollen.

Gershom Scholem, auf dessen Ausführungen wir uns im wesentlichen stützen, ist dem Problem der Tora-Überlieferungen in seinem Aufsatz »Offenbarung und Tradition als religiöse Kategorien im Judentum«[16] nachgegangen. Die Offenbarung der Tora, sagt Scholem, sei eine solche des Namens oder der Namen Gottes. Die dem Namen Gottes innewohnende Kraft ist so groß, daß sie nie in das menschliche Wort eingehen kann. Sie stellt ein Absolutum dar. Wie soll nun die Tora, die aus schriftlichen Zeichen besteht, dieses Absolute vermitteln? Die Kabbalisten sind der Ansicht, die Tora bezwecke nicht in erster Linie die Vermittlung eines konkreten Sinnnes, sondern begnüge sich damit, die Leuchtkraft des göttlichen Wortes zum Ausdruck zu bringen. Diese These taucht in allen klassischen Schriften der Kabbala auf. Demnach sind die verständlichen Worte der Tora nicht mehr deren Urworte, sondern bereits Deutungen. Würde das Wort sich in seiner ursprünglichen Fülle mitteilen, hätte es keinen Kommunikationswert, lediglich einen Stellenwert. Es kam sogar zur Behauptung, daß es die schriftliche Tora im Sinne einer unmittelbaren Offenbarung gar nicht geben könne, diese sei in der Weisheit Gottes eingeschlossen als Ur-Tora (»Tora kelula«). Nach einem alten Wort des »Midrasch« war die präexistente Tora mit schwarzem Feuer auf weißes Feuer geschrieben, wobei das weiße Feuer die schriftliche Tora bedeutete, deren Buchstaben aber noch nicht formal hervortraten. Ihre Form erhielten sie erst durch die Kraft des schwarzen Feuers, welches die mündliche Tora war.

> »Damit wäre also impliziert, daß, was wir auf Erden schriftliche Tora nennen, selber schon durch das Medium der mündlichen Tora gegangen ist und darin eine sinnliche Form angenommen hat. Nicht die Schwärze der von der Tinte umrissenen Schrift, die selbst schon eine Spezifikation ist, sondern die mystische Weiße der Buchstaben auf dem Pergament der Rolle, auf dem wir überhaupt nichts sehen, ist die eigentliche schriftliche Tora.«[17]

Wenn es ein Wort Gottes gibt, so kann seine Sinnfülle auf gar keinen Fall der semantischen Polyvalenz eines irdischen Zeichens vergleichbar sein. Es ist unendlich deutbar, ja das Deutbare schlechthin. Für die mystische Theologie wird dies zu einem dominanten Kriterium der Offenbarung, und die mündliche Überlieferung drängt den schriftlichen Text in den Hintergrund. Nur die tausend und abertausend Formen des gesprochenen Tora-Wortes können zusammen seinen Sinn ausmachen. Jede schriftliche Fixierung hemmt die Vielfalt. Daß die mündliche Lehre dann doch aufgeschrieben wurde, galt allgemein als unheilvoll. Dem talmudischen Bericht nach war es sogar verboten, sie aufzuschreiben. Die spätere Kabbala prägte den Satz, daß die Tora für jeden einzelnen Juden ein besonderes, nur für ihn bestimmtes Gedicht annehmen werde und daß erst die Summe all ihrer Erscheinungsformen in der Kette der Überlieferung ihr Wesen ausmache.
Bei Paul Celan, der sich in seiner Bremer Rede ausdrücklich zur Landschaft bekennt, »in der ein nicht unbeträchtlicher Teil jener chassidischen Geschichten zu Hause war, die Martin Buber uns allen auf deutsch wiedererzählt hat« (Br 127), begegnen wir einer Dichtung, welche die alte jüdische Skepsis dem schriftlich fixierten Wort gegenüber wie ein Brandzeichen in sich trägt. Ihr Sprachgitter verweist – vergleichbar dem schwarzen Feuer im »Midrasch« – auf die mystische Weiße der unsichtbaren Buchstaben auf dem Pergament, die Sprache des seelischen Urtextes, aus der es, nach Günter Eichs Formulierung, das Gedicht zu übersetzen gilt. Nur im Schweigen ist dieser Dichter ganz bei sich selbst, und das heißt auch: bei den Toten, den Vätern und Vorfahren, mit denen er sich durch das Pneuma verbunden weiß. Im

Atem sieht er die lebendige Mitte zwischen dem Wort und dem Schweigen, im Atemkristall als einem winzigen Teil des »Tausendkristalls« (Sp 62) seiner Welt das Ideal eines makellosen Kunstwerks, worin sich die Wahrheit – für die in den späteren Gedichtbänden immer häufiger auch die Chiffre »Licht« steht – nicht nur brechen dürfte, sondern wo sie in ihrer Ganzheit erstrahlen müßte. Dieser Wunsch bleibt Utopie, aber Celans Gedicht entwirft sich darauf hin und wird trotz seiner Brüchigkeit zum Zeugnis dafür, daß es auch im dunklen, auf tragische Weise zu Ende gegangenen Leben dieses großen Dichters Augenblicke gab, in denen Licht war, »Rettung« (A 103).

Anhang

Anmerkungen

Der Weg zum Ursprung

1 In: *Das Atelier, Zeitgenössische deutsche Prosa*, hrsg. von Klaus Wagenbach, Frankfurt a. M. 1962, S. 124–127
2 Renate Böschenstein-Schäfer, ›Anmerkungen zu Paul Celans »Gespräch im Gebirg«‹, in: *Über Paul Celan*, hrsg. von Dietlind Meinecke, Frankfurt a. M. 1970, S. 226ff.
3 a. a. O., S. 234
4 Vgl. Emil Staiger, *Meisterwerke deutscher Sprache*, 4. Aufl., Zürich 1961, S. 100ff.
5 Vgl. Emil Staiger, *Grundbegriffe der Poetik*, 6. Aufl., Zürich 1963, S. 18
6 Martin Buber, *Werke*, Bd. 3, Schriften zum Chassidismus, München und Heidelberg 1963, S. 37
7 Vgl. Peter Horst Neumann, *Zur Lyrik Paul Celans*, Göttingen 1968, S. 24f.
8 Novalis, *Werke und Briefe*, hrsg. von Alfred Kelletat, München 1962, S. 426
9 Hugo von Hofmannsthal, *Ausgewählte Werke in zwei Bänden*, hrsg. von Rudolf Hirsch, 8. bis 10. Tausend, Frankfurt a. M. 1961, Bd. 2, S. 342
10 Buber, a. a. O., S. 225
11 Böschenstein-Schäfer, a. a. O., S. 234
12 Vgl. Johann Firges, *Die Gestaltungsschichten in der Lyrik Paul Celans ausgehend vom Wortmaterial*, Diss., Köln 1959, S. 53ff.
13 Buber, a. a. O., S. 167
14 Buber, a. a. O., S. 742f.
15 Ingeborg Bachmann, *Gedichte, Erzählungen, Hörspiel, Essays*, München 1964, S. 63
16 Vgl. Buber, a. a. O., S. 743f.
17 Vgl. Peter Paul Schwarz, *Totengedächtnis und dialogische Polarität in der Lyrik Paul Celans*, Düsseldorf 1966, S. 6ff.
18 Georg Büchner, *Werke und Briefe*, hrsg. von Fritz Bergemann, Wiesbaden 1958, S. 85
19 Büchner, a. a. O., S. 85

Mohn und Gedächtnis

1 Mit der chronologischen Zählung der Gedichtbände beginnen wir bei *Der Sand aus den Urnen*, obwohl dieser Band, erschienen 1948 in Wien in 500 Exemplaren, später wieder eingestampft wurde
2 Gottfried Benn, *Gesammelte Werke in vier Bänden*, hrsg. von Dieter Wellershoff, Wiesbaden 1960, Bd. 3, S. 245
3 Schwarz, a. a. O., S. 18
4 Firges, a. a. O., S. 94 ff.
5 Wolfgang Kayser, *Kleine deutsche Vers-Schule*, 10. Aufl., Bern und München 1964, S. 25 f.

Die Ernte

1 Georg Trakl, *Dichtungen und Briefe*, hist.-krit. Ausg. von Walther Killy und Hans Szklenar 1969, Bd. 1, S. 530
2 a. a. O., S. 102
3 Vgl. Firges, a. a. O., S. 91 ff.
4 Friedrich Hölderlin, *Sämtliche Werke*, hrsg. von Paul Stapf, Berlin und Darmstadt 1963, S. 181
5 Buber, a. a. O., S. 36
6 Buber, a. a. O., S. 54
7 Nelly Sachs, *Fahrt ins Staublose, Die Gedichte der Nelly Sachs*, Frankfurt a. M. 1961
8 Max Frisch, *Bin oder die Reise nach Peking*, 11. bis 15. Tausend, Zürich und Frankfurt a. M. 1960, S. 37
9 Firges, a. a. O., S. 64, zitiert in diesem Zusammenhang sehr richtig eine Stelle aus: Martin Heidegger, *Was heißt Denken?*, Tübingen 1954, S. 92: »*Gedächtnis* bedeutet anfänglich durchaus nicht das Erinnerungsvermögen. Das Wort nimmt das ganze Gemüt im Sinne der steten innigen Versammlung bei dem, was sich allem Sinnen wesenhaft zuspricht. Das Gedächtnis besagt ursprünglich soviel wie Andacht: das unablässige, gesammelte Bleiben bei … und zwar nicht etwa nur beim Vergangenen, sondern in gleicher Weise beim Gegenwärtigen und dem, was kommen kann.«
10 Staiger, a. a. O., S. 34 f.; vgl. auch S. 23 ff.
11 Paul Celan, »Ein Brief« in: *Mein Gedicht ist mein Messer, Lyriker zu ihren Gedichten*, hrsg. von Hans Bender, München 1961, S. 86
12 Novalis, a. a. O., S. 369 f.

Das erschwiegene Wort

1 Zit. aus: *Über die Sprache, Erfahrungen und Erkenntnisse deutscher Dichter und Schriftsteller des 20. Jahrhunderts*, Bremen 1966, S. 364
2 Zit. aus: *Über die Sprache*, S. 321 f.
3 Max Frisch, *Stiller*, 93. bis 97. Tausend, Frankfurt a. M. 1965, S. 391

4 Neumann, a. a. O., S. 36; vgl. auch S. 31 f.
5 »Und dennoch sagt der viel, der ›Abend‹ sagt«, Hofmannsthal, a. a. O., Bd. 1, S. 20
6 Benn, a. a. O., S. 208
7 Hans-Jost Frey, »Der Vers als Zeichen«, NZZ Nr. 460, 4. 10. 1970
8 Frey, a. a. O.
9 Frisch, a. a. O., S. 391
10 Erika Burkart, *Die weichenden Ufer*, Zürich und Stuttgart 1967, S. 8
11 Vgl. S. 33
12 Mose I, 1,2. Vgl. auch: *Lexikon für Theologie und Kirche*, Freiburg 1963, Bd. 8, S. 569

Der Atemkristall

1 Vgl.: »Ein Wort – du weiß: / eine Leiche.« (S 49)
2 Buber, a. a. O., S. 253
3 Vgl. S. 19 f.
4 Neumann, a. a. O., S. 82 f.
5 Vgl.: »Der Sand aus den Urnen« (M 18) und: »Irdener Krug, dran die Töpferhand festwuchs.« (S 32)
6 Vgl. Alfred Kelletat, ›Accessus zu Celans »Sprachgitter«‹, in: *Über Paul Celan*, S. 113 ff.
7 Zit. nach Kelletat, a. a. O., S. 117
8 I. Samuel, 10,6
9 Buber, a. a. O., S. 607
10 Buber, a. a. O., S. 51 ff.
11 Buber, a. a. O., S. 37 f.
12 Hiob 6,4. Vgl. Dietlind Meinecke, *Wort und Name bei Paul Celan*, Bad Homburg v. d. H. / Berlin / Zürich 1970, S. 229 f.
13 Bachmann, a. a. O., S. 307
14 Neumann, a. a. O., S. 78
15 Wilhelm Höck, »Von welchem Gott ist die Rede«, in: *Über Paul Celan*, S. 271
16 Gershom Scholem, *Über einige Grundbegriffe des Judentums*, Frankfurt a. M. 1970, S. 90 ff.
17 Scholem, a. a. O., S. 108 f.

Quellen

Abkürzungen bei Quellenangaben

Zitate aus den Gedichtbänden sind mit einem Sigel für den Band (siehe Literaturverzeichnis, Quellen) und der Zahl der Seite bezeichnet, auf der sich das Zitat (nicht der Gedichttitel) findet. Wird lediglich ein Gedichttitel zitiert, ist die Seitenzahl identisch mit derjenigen im Inhaltsverzeichnis des betreffenden Bandes. Beispiel: (M 9) = *Mohn und Gedächtnis*, Seite 9.
Bei Zitaten aus der Prosadichtung *Gespräch im Gebirg* werden die Zeilen gemäß der Zeilennumerierung des Textes angegeben. Beispiel: (G 65–68) = *Gespräch im Gebirg*, Zeilen 65 bis 68.
Bei Zitaten aus den beiden Reden Paul Celans steht nach dem Sigel die betreffende Seitenzahl aus dem Band *Paul Celan, Ausgewählte Gedichte, Zwei Reden*, Nachwort von Beda Allemann, Frankfurt a. M. 1968. Beispiel (Me 141) = *Der Meridian*, in: Paul Celan, *Ausgewählte Gedichte*, Seite 141.

Das Werk von Paul Celan

a) Gedichtbände

Mohn und Gedächtnis (M). Stuttgart 1952, 5. Aufl. 1961
Von Schwelle zu Schwelle (S). Stuttgart 1955, 2. Aufl. 1960
Sprachgitter (Sp.). Frankfurt a. M. 1959, 4. bis 6. Tausend 1961
Die Niemandsrose (N). Frankfurt a. M. 1963
Atemwende (A). Frankfurt a. M. 1967
Fadensonnen. Frankfurt a. M. 1968
Lichtzwang. Frankfurt a. M. 1970
Schneepart. Frankfurt a. M. 1971

b) Prosatext

Gespräch im Gebirg (G), in: *Das Atelier, Zeitgenössische deutsche Prosa*, hrsg. von Klaus Wagenbach, Frankfurt a. M. 1962, S. 124–127 (Dann in: Paul Celan, *Ausgewählte Gedichte*, Auswahl von Klaus Reichert, Frankfurt a. M. 1970, S. 181–186)

c) Reden

Der Meridian (Me). Rede anläßlich der Verleihung des Georg-Büchner-Preises, in: Paul Celan, *Ausgewählte Gedichte, Zwei Reden*, Nachwort von Beda Allemann, Frankfurt a. M. 1968, S. 133–148
Ansprache anläßlich der Entgegennahme des Literaturpreises der Freien Hansestadt Bremen (Br), a. a. O., S. 127 bis 129

Sekundärliteratur über Paul Celan

Butzlaff, Wolfgang ›Zwei Bemühungen um ein Gedicht, Paul Celan: Todesfuge‹, in: *Der Deutschunterricht*, Jg. 12, 1960, Heft 3, S. 42–51

Firges, Johann *Die Gestaltungsschichten in der Lyrik Paul Celans ausgehend vom Wortmaterial*, Diss., Köln 1959

Gadamer, Hans-Georg *Wer bin Ich und wer bist Du?* Ein Kommentar zu Paul Celans Gedichtfolge »Atemkristall«, Frankfurt a. M. 1973

Kim, Dorothea *Paul Celan als Dichter der Bewahrung, Versuch einer Interpretation*, Diss. Aarau 1969

Meinecke, Dietlind *Wort und Name bei Paul Celan, Literatur und Reflexion*, hrsg. von Beda Allemann, Bd. 2, Bad Homburg v. d. H., Berlin, Zürich 1970

Meinecke, Dietlind (Hrsg.) *Über Paul Celan*, hrsg. von Dietlind Meinecke, Frankfurt a. M. 1970

Neumann, Peter Horst *Zur Lyrik Paul Celans*, Göttingen 1968

Neumann, Peter Horst *Wort-Konkordanz zur Lyrik Paul Celans* (bis 1967), München 1969

Schwarz, Peter Paul ›Totengedächtnis und dialogische Polarität in der Lyrik Paul Celans‹, in: Beihefte zur Zeitschrift *Wirkendes Wort* 18, Düsseldorf 1966

Seidenstricker, Peter ›Zwei Bemühungen um ein Gedicht, Paul Celan: Todesfuge‹, in: *Der Deutschunterricht*, Jg. 12, 1960, Heft 3, S. 35–42

Szondi, Peter *Celan-Studien*, hrsg. von Jean Bollack, Frankfurt a. M. 1972

Weber, Werner ›Paul Celan (»Mandorla«)‹, in: *Tagebuch eines Leser*, Bemerkungen und Aufsätze zur Literatur, Olten und Freiburg i. Brsg. 1965, S. 84–87

Weber, Werner ›Paul Celan: »Du sei wie du«; »Denk dir«; »Einkanter Rembrandt«‹, in: *Forderungen, Bemerkungen und Aufsätze zur Literatur*, Zürich und Stuttgart 1970, S. 193–206

X Weißenberger, Klaus *Die Elegie bei Paul Celan*, Bern und München 1969

Allgemeine Sekundärliteratur

Bachmann, Ingeborg Aus den Frankfurter Vorlesungen, in: *Gedichte, Erzählungen, Hörspiel, Essays*, München 1964, S. 298–345

Bender, Hans (Hrsg.) *Mein Gedicht ist mein Messer, Lyriker zu ihren Gedichten*, List Bücher 187, München 1961

Benn, Gottfried ›Probleme der Lyrik‹, in: Gottfried Benn, *Gesammelte Werke in vier Bänden*, hrsg. von Dieter Wellershoff 1. Bd., 2. Aufl., Wiesbaden 1962 S. 494–532

Binder, Wolfgang *Das Bild des Menschen in der modernen deutschen Literatur*, Schriften zur Zeit 31, Zürich 1969

Brooks, Cleanth *Paradoxie im Gedicht, Zur Struktur der Lyrik*, Frankfurt a. M. 1965

Domin, Hilde (Hrsg.) *Doppelinterpretationen, Das zeitgenössische deutsche Gedicht zwischen Autor und Leser*, Frankfurt a. M. und Bonn 1966

Friedrich, Hugo *Die Struktur der modernen Lyrik*, Hamburg 1967

Leonhard, Kurt *Moderne Lyrik, Monolog und Manifest*, Bremen 1963

Schmid, Karl *Schwierigkeiten mit der Kunst*, Schriften zur Zeit 30, Zürich 1969

Staiger, Emil *Grundbegriffe der Poetik*, 6. Aufl., Zürich 1963

Staiger, Emil *Meisterwerke deutscher Sprache*, 4. Aufl., Zürich 1961

Staiger, Emil *Die Kunst der Interpretation*, 4. Aufl., Zürich 1963

Staiger, Emil *Geist und Zeitgeist*, Zürich 1964

Spezielle Literatur

Buber, Martin *Werke*, Bd. 3, Schriften zum Chassidismus, München und Heidelberg 1963

Daniels, Karlheinz (Hrsg.) *Über die Sprache, Erfahrungen und Erkenntnisse deutscher Dichter und Schriftsteller des 20. Jahrhunderts*, hrsg. von Karlheinz Daniels, Bremen 1966

Scholem, Gershom *Über einige Grundbegriffe des Judentums*, Frankfurt a. M. 1970

Ullmann, Stephen *Grundzüge der Semantik, Die Bedeutung in sprachwissenschaftlicher Sicht*, deutsche Fassung von Susanne Koopmann, Berlin 1967